HISTÓRIAS DO MUNDO QUE SE FOI
(e outras histórias)

CYRO DE MATTOS
Ilustrações
EVANDRO LUIZ

HISTÓRIAS DO MUNDO QUE SE FOI
(e outras histórias)

Prêmio Adolfo Aizen, da União Brasileira
de Escritores (RJ), 1997

Selecionado para o PNLD-SP/2004

Obra adquirida pela Fundação
Luís Eduardo Magalhães

4ª edição

Editora Saraiva

Avenida das Nações Unidas, 7221 – Pinheiros
CEP 05425-902 – São Paulo – SP
Tel.: (0xx11) 4003-3061
www.aticascipione.com.br
atendimento@aticascipione.com.br

7ª tiragem, 2021.
Impressão e acabamento: Log&Print Gráfica e Logística S.A.

CL: 810027
CAE: 571330

Copyright © Cyro de Mattos, 2003

Editor: ROGÉRIO GASTALDO
Assistente editorial: KANDY SGARBI SARAIVA
Secretária editorial: ANDREIA PEREIRA
Suplemento de trabalho: ROSANE PAMPLONA
Coordenação de revisão: LIVIA MARIA GIORGIO
Gerência de arte: NAIR DE MEDEIROS BARBOSA
Supervisão de arte: VAGNER CASTRO DOS SANTOS
Layout de capa: ANTONIO ROBERTO BRESSAN
Projeto gráfico e diagramação : SETUP BUREAU E
EDITORAÇÃO
ELETRÔNICA

Dados Internacionais de Catalogação na Publicação (CIP)
(Câmara Brasileira do Livro, SP, Brasil)

Mattos, Cyro de
  Histórias do mundo que se foi (e outras histórias) / Cyro de Mattos ; ilustrações Evandro Luiz. — 4. ed. — São Paulo : Saraiva, 2009. — (Coleção Jabuti)

  ISBN 978-85-02-07957-1

  1. Literatura infantojuvenil I. Luiz, Evandro. II. Título. III. Série.

02-5968   CDD-028.5

Índices para catálogo sistemático:

1. Literatura infantojuvenil   028.5
2. Literatura juvenil   028.5

Todos os direitos reservados à
SARAIVA Educação S.A.

Dedico a todos os meninos
que viveram comigo a aventura
da infância.

SUMÁRIO

HISTÓRIAS DO MUNDO QUE SE FOI 9

O tempo era lindo 11

As uvas do delegado 17

Um herói em minha ilha 20

Lição de amor 26

Os dias guardados no coração 29

HISTÓRIAS DIVERTIDAS 37

Dona Joventina, uma grande heroína 39

O Ano-Novo de Pedro Cotia com o filho Peri Cantoria 45

HISTÓRIAS SINGULARES 51

A moça e o globo da morte 53

Passarinho nas mangueiras 57

O velho que adivinhava 61

O menino e o vento 64

O homem que não conhecia Deus 68

O tempo era lindo

É preciso ter vivido muitos anos para saber que a recordação de certos fatos e coisas nada mais é do que saudade da vida que passa com os dias, semanas e meses. As pessoas, bichos, casas e ruas fogem como nuvens, ninguém pode retê-los. Infelizmente.

* * * * *

Nossa rua era estreita, iluminava-se nas férias com os gritos dos meninos. Natural que no jogo de bola acontecesse a disputa acalorada. Sustos com a vidraça quebrada da mulher gorda, que a um só tempo chegava no batente da porta e furava a bola. Mas não encontrava um menino sequer para perguntar agitada quem foi o pestinha que agora tinha dado a ela aquele prejuízo grande.

* * * * *

Em nossa rua o estilingue mais certeiro era o do irmão. Ao cair da tarde, ele chegava com a capanga* cheia de passarinhos.

---
* Espécie de bolsa pequena usada a tiracolo para conduzir objetos pequenos.

HISTÓRIAS DO MUNDO QUE SE FOI

Eram abatidos nas palmeiras do jardim da Prefeitura e nos quintais frutíferos espalhados pela cidade. Ninguém duvidasse da pontaria dele. Podia até o amigo ficar com o nariz quebrado, ao receber um murro bem dado, se caísse na besteira de dizer que ali na rua o estilingue mais certeiro não era o do irmão. O irmão era mesmo o maioral em qualquer brincadeira ou aventura. Cada balaço que ele desferia com o estilingue acertava até em passarinho arisco, pulando nos galhos altos da árvore.

* * ◆ * *

Todas as manhãs, o homem passava com o tabuleiro de verduras na cabeça, a rua ficava impregnada com o aroma vindo do verde. Colorida com o roxo da beterraba, o verde do repolho, o laranja da cenoura. Ah, viver era uma canção verde nascida da voz do verdureiro. Propagava-se no som quente que vinha dos meninos, colhendo coentro nos passeios, abóbora nas valetas, couve-flor no calçamento.

* * ◆ * *

Nossa casa era pequena, ficava no quarteirão onde estavam a padaria de um lado e o açougue do outro. Acordava cedinho, do meu quarto escutava o barulho das vozes que vinha do açougue. Parecia que ali o mundo era pequeno para caber tanta gente. Um barulho intenso misturava vozes lá dentro. Certamente todos queriam ser atendidos de uma só vez, cada um multiplicava a voz para comprar a parte melhor da carne bovina. Pedia a bênção aos pais, lavava o rosto depressa e corria para a janela. O irmão já tinha ido comprar o pão e a carne fresca. No açougue, machadadas cortavam ossos e postas de carne sobre o cepo grande da jaqueira. O barulho das vozes continuava lá dentro.

* * ◆ * *

Na janela requentava-me com os raios de sol, coando a manhã fresca.

12

* * ◆ * *

Gostava de ver gente grande que ia passando nos primeiros movimentos do dia. Quem sempre aparecia primeiro era o alfaiate Gustavo. Magro como uma vara comprida. A cidade sabia que de suas mãos pacientes, até certo ponto mágicas, saíam calção, calça curta, calça comprida, terno preto. Suas mãos riscavam e costuravam as medidas exatas do tempo.

* * ◆ * *

O velho Zeca pegava a direção da farmácia na rua do comércio. Passaria a arrumar com cuidado os remédios nas prateleiras e os perfumes na vitrina. Um dia, ele me disse que havia sido atleta na juventude. Com certo orgulho mostrou-me um retrato desbotado com um rapaz de estatura baixa. Exibia o peito inflado e os braços com músculos fortes.

* * ◆ * *

Quem passava agora era Seu Paim, o dono da mercearia que ficava num beco. Rosto miúdo, vermelhinho, magro, calvo, bigodinho branco. Dava sempre um doce quando era menina que ia fazer compra na mercearia. Se fosse menino, não ganhava, que do menino se faz o homem, ele dizia. O homem, meu filho, desde cedo tem de provar o lado duro da vida. Deve ir se acostumando logo e não estranhar depois quando for gente grande.

* * ◆ * *

Na manhã que o sol com seus raios por todos os cantos inaugurava inocente, algumas pessoas iam passando agora com pressa.

* * ◆ * *

O cheiro do café quente propagava-se pelos quatro cantos da casa. O pai advertia-me pela segunda vez de que o café estava esfriando na mesa. A mãe pedia que eu viesse logo, alguma mosca poderia cair na xícara. Meus olhos cresciam de repente com a fartura que banhava os pratos no café da manhã: requeijão, batata cozida, aipim molinho, pedaços inchados de jerimum nas tigelas com leite. Os dias eram fartos, embora o pai tivesse renda pequena em seu início de vida. Nem sequer havia acabado de construir uma avenida de casinhas num bairro pobre da cidade.

* * ◆ * *

No café da manhã, no almoço e no jantar, o gato Marechal roçava minhas pernas com o seu corpo peludo. Espetava o ar com o rabo e voltava para debaixo da mesa, onde ficava soltando miados linguarudos.

* * ◆ * *

Depois que tomava o café, escapulia para o telhado. Instalava-me ali por algum tempo. Sem ter o que fazer, inspecionava com cuidado a goiabeira do quintal dos vizinhos. A árvore grande prometia partir os galhos com tanta goiaba madura. Naqueles galhos que pendiam para o telhado de nossa casa, roubei com os amigos muita goiaba madura. E de nada adiantavam as queixas que todos os dias a mãe recebia dos vizinhos. O pai ficava aborrecido, poucas não foram as vezes que teve de substituir telha quebrada, para evitar que as goteiras viessem molhar a nossa casa, o que dificilmente conseguia. Quando chovia, lá vinham as goteiras. Eu e os amigos não saíamos de cima do telhado. Enquanto houvesse goiaba madura, lá em cima era sempre aquela algazarra misturada com o quebrar de telhas.

* * ◆ * *

O tempo era lindo, os urubus voavam em círculo. Naves cor de carvão boiavam no azul, desenhando arcos no céu. Pres-

sentiam algum bicho morto, como alguns meninos diziam? Ou estavam adivinhando chuva, como outros sugeriam? Na manhã que brilhava como espelho havia dúzias de asas negras no ar. O sol amava o verão que inventava no céu almofadas, rochas brancas, barcos lentos.

✦ ✦ ✦ ✦ ✦

Do telhado escutava a mãe dando vida à máquina de costura no quartinho dos fundos. Enquanto teve vida sadia, ajudou o pai a abrir os caminhos de um tempo difícil. A mãe cuidava dos serviços da casa, o pai era o próprio pedreiro da primeira avenida de casinhas que estava construindo. A mãe e o pai no tempo ausente de fadiga, solidários desatando os nós cotidianos da vida.

✦ ✦ ✦ ✦ ✦

Verdade que naquele tempo havia também pobreza, mas não existia miséria. A vida era farta com as coisas baratas, mas o dinheiro andava sumido, era difícil, muito difícil de se ganhar, gente grande dizia.

✦ ✦ ✦ ✦ ✦

Dentro de mim, os dias possuíam o vento do amanhecer que brincava na campina. Terna atmosfera vinha da música que a mãe tocava pelos cômodos da casa pequena. A mãe cativava a noite com a sua voz pura e quente. A mãe comovia a noite, que deixava de ser oculta em sua linguagem ilegível. Contava histórias ao menino que adormecia num sono doce, suave e leve.

✦ ✦ ✦ ✦ ✦

Mas eu não sabia que mais tarde não assistiria à mãe fechar os olhos pela última vez. Não a escutaria murmurar meu nome numa voz pastosa e fazer as pazes com a agonia.

As uvas do delegado

De repente algo tentador em seus caminhos ocultos começou a andar nos pensamentos. Aquelas uvas! Só de pensar nelas dava água na boca. Vindas da noite enluarada, as frestas de luz penetravam pela telha-vã do quarto pequeno, banhando na cama seu corpo inquieto. Demorava a pegar no sono, não tendo sido poucas as vezes que acordou sobressaltado. Aquelas uvas, madurinhas, docinhas, não saíam de dentro dele em suas visões que embriagavam.

Acordava no outro dia com o corpo de fadiga. O rosto sonolento no café da manhã, o olhar distante como se estivesse desligado de tudo. Esquisito pelos cantos. A mãe pensava no início que o rosto pálido era por causa das tentativas do filho para ter o primeiro namoro com a filha do vizinho. Andava mandando bilhetes para a filha do dono do sobrado em frente, trocando olhares ingênuos quando se encontravam no passeio. Coisas que sempre acontecem timidamente quando nas primeiras pulsações um coração vai se descobrindo no outro. O pai achava que era a força da idade naturalmente, chegando como um sonho azul, com seus passos de tempo-flor, amando o sol lá fora.

Agora já não ligava para mais nada, o estilingue e o pião esquecidos com os outros brinquedos no baú de couro que o avô havia presenteado no aniversário. No ar, que distante aroma!

A casa do delegado Severo ficava afastada do centro da cidade. Com seus janelões de frente e em cada lado, ficava isolada de outras casas, no fim daquela rua quieta, próxima à beira do rio. Um muro cercava o quintalzão com árvores frutíferas. O muro não era alto. E se lá dentro tivesse um cachorrão grande que com uma só bocada arranca a perna de um homem? Não havia sinal algum de cão de guarda. Detalhes que poderiam ser desfavoráveis e arrebatar o brilho da aventura procurou levantar antes no local, inspecionando tudo com cuidado especial. Embora os detalhes colhidos para executar o plano fossem favoráveis, animando-o na ideia de apanhar aquelas uvas, só mesmo alguém sem juízo pensaria em assaltar um dia o quintalzão do delegado Severo. Logo aquele delegado, respeitado como disciplinador eficiente dos que andavam fora da lei. A cidade em pouco tempo se viu livre de ladrão, arruaceiro e toda espécie de bêbado. Bigodão retorcido nas pontas, apertando a cara vermelha com boche- chas pelancudas, olhos graúdos, nunca se viu nele o mais leve sorriso. Caminhava como se fosse uma montanha de carnes frouxas em seus cento e vinte quilos de peso distribuídos por quase dois metros de altura. O delegado Severo tinha prazer em usar a palmatória de dois quilos para corrigir os que agiam fora da lei. Homem de poucas falas, encarava sério as pessoas, mais de ouvir que de tirar algum dedo de prosa.

Foi num dia de inverno. A cidade amanhecera envolta de névoa. Os primeiros raios de sol furavam as nuvens sobre os morros, inventavam aranhas de ouro nas águas mansas do rio. Um galo clarinetou no quintal, um cão uivou longe, alguns pom- bos pousaram no telhado do prédio da cooperativa. O coração batia acelerado, tinha certeza de que estava se aproximando a hora de acabar com aquele suplício de tantas noites maldormidas. Era só fazer a escalada no ombro do companheiro e, em poucos minutos, estaria colhendo aquelas uvas madurinhas, passando a saborear finalmente toda a sua doçura. Um bolo na garganta fazia com que a respiração ficasse quase presa. O coração continuava a bater em ritmo acelerado.

O companheiro que preferia nas aventuras perigosas era o irmão da namorada. Um gago e magro. Ficava vermelho, a voz engasgada, os cabelos eriçados quando ouvia alguém chamá-lo pelo apelido de Vareta. Junto do muro, percebeu que o companheiro suava muito e tinha os olhos nervosos, como se o rosto de medo temesse naquele instante que algo ruim pudesse acontecer. Subiu nos ombros do companheiro com dificuldade e até hoje não se conformou por ter perdido o equilíbrio em cima do muro. Quando caiu no outro lado feito uma fruta grande e madura, houve aquele baque fundo no chão. Mal conseguiu ficar em pé, foi ouvindo logo os gritos terríveis, como se fossem balas certeiras atiradas na sua direção.

— Pega ladrão! Pega ladrão! Pega ladrão!

Desapareceu rápido em mil pernas, nunca conseguindo explicar aos amigos como num só pulo pôde transpor o muro de novo. Chegou em casa esbofado*, cabelos assanhados, as pernas trêmulas. O peito molhado de suor. O pai estava esperando por ele para ir comprar o pão. Fisionomia fechada, rosto que sondava com o nariz comprido, o pai pressentia que ali havia coelho escondido. Só mais tarde saberia do malfeito do filho e, como uma coisa natural, justa, daria o castigo no mesmo dia. Quatro domingos sem ir ao cinema. Daquela vez perderia os últimos e melhores capítulos do seriado de Flash Gordon.

Droga, tudo por causa daquelas uvas.

Aquelas uvas do temido e destemido delegado Severo. Voltariam a deixá-lo sem sono, inquieto, ninguém fosse lhe perguntar por quê! Fariam com que a mãe ficasse preocupada de novo com o rosto pálido do filho. Como uma coisa insistente, tornariam os pensamentos cheios de desejos verdadeiros. Um dia escorreriam sua doçura na boca, ele deixaria os amigos pasmados.

---

* Cansado e agitado, depois de muito correr; com o coração prestes a sair pela boca de tanto correr.

Um herói em minha ilha

Minha avó Ana dizia que cada pessoa é uma ilha cercada pelo mar da vida. Às vezes, uma pessoa ficava presa em sua ilha porque não sabia como atravessar as águas escuras da vida.

A ilha de que vou falar agora não é a da alma com os seus conflitos eternos. Minha ilha ficava numa cidade do interior, lá no meio do rio. Alegrava quando a chuva caía. Dava prazer quando o sol resvalava com a sua língua formada de palavras que eram pássaros e peixes.

Minha ilha ofertava-me saltos incríveis do trampolim improvisado no barranco alto. Aventuras com a turma onde entravam tesouros escondidos por pirata, batalhas com espadas afiadas, balaços certeiros para o espanto do inimigo.

Guardei de minha ilha inúmeras surpresas. Um dia, escondido por trás de uma toiceira alta de capim, vi um homem penetrar com ardor o sexo numa mulher. Os dois corpos misturavam-se num corpo só, vazando desejos fortes pelos poros da vida. Senti no corpo a febre daqueles dois corpos feita de abraços e beijos. Foi a primeira vez que me descobri querendo ser homem o mais breve possível. Creio que fui o único menino que teve na ilha um entardecer de fulgor como aquele, mas também de medo, já que podia ser descoberto em meu esconderijo. Os amigos ficaram pasmados quando no dia seguinte contei o que tinha visto.

Já encontrei minha ilha pequena. Soube que um dia ela havia sido maior. Foi diminuindo o tamanho com as cheias do rio; as águas lambiam e comiam os barrancos, às vezes submergindo-a durante dias. Lembram os mais velhos que minha ilha, quando era maior, serviu de estábulo, criatório de galinha, roça de cereais, chácara com laranjeiras e pés de fruta-pão. Teve vários batismos: Ilha da Marimbeta, Ilha do Temístocles, Ilha do Capitão e Ilha do Jegue. O último nome foi o que ficou. Qual teria sido o motivo disso?

Paciente era o nome do jegue, o dono chamava-se Camacã, um homem pequeno com traços de índio. Os cabelos finos e escorridos, os olhos rasgados e vivos. Paciente andava com os passos vagarosos e submissos. O dono tinha um jeito amigo de falar com ele.

"Vamos, Paciente, só falta essa carga de areia pra ser entregue e a gente encerrar o serviço hoje."

Transportava as cargas de areia para as construções na cidade, de sol a sol. Quando a tarde caía, o dono guardava-o na ilha. Ali passava a noite toda, certamente pastava o capim que brotava na terra fresca. No outro dia, o dono ia buscá-lo para transportar as cargas de areia nas latas cheias. O serviço começava de manhãzinha, o dono tangia-o com assovios, às vezes a taca silvava o ar para que ele andasse ligeiro.

Numa noite de sábado, cortada por relâmpagos e trovões, uma chuva caiu do céu escuro. As ruas ficaram alagadas da noite para o dia. O povo acordou alvoroçado com o rio que apareceu cheio, espumando feito um bicho enorme. Espraiava-se pelas margens e inundava as casas ribeirinhas. Um velho areeiro* lembrou que Paciente havia ficado preso na ilha. O dono não fora buscá-lo porque estava doente, com febre e fortes dores nos ossos. Um reumatismo havia se alojado no corpo dele e

---

* Homem que vive de tirar areia do rio, para ser vendida e destinada às construções.

queimava tanto que mal conseguia ficar em pé. As pernas tremiam e os dentes não paravam de bater.

Preso na ilha, vendo as águas subindo cada vez mais, Paciente começou a ficar inquieto. Andava de um lado para o outro da ilha, talvez procurando o dono que não achava, talvez não querendo acreditar no que os olhos viam: as águas desciam velozes, em redemoinhos e vagas enormes. Lambiam e comiam os barrancos da ilha numa fome sem igual. Sem saber como sair da situação aflitiva, atemorizado com o ímpeto das águas, ele começou a zurrar a todo instante. As pessoas que estavam na margem próxima à ilha ficavam estarrecidas com o sofrimento dele, mas nada podiam fazer para tirá-lo daquele suplício.

Apostas surgiram entre as pessoas que discutiam inflamadas sobre a situação de Paciente, cercado pelas águas na ilha. Uns diziam que fatalmente ele não se salvaria, outros afirmavam que se salvaria graças às providências do bondoso São José, o padroeiro da cidade. Promessas foram feitas ao santo por aqueles que queriam ver Paciente pisando firme pelas ruas, indo levar as latas cheias de areia para as construções. Estes confirmam até hoje que apenas um pequeno ponto da ilha ficou descoberto. Justamente onde Paciente ficou com as patas fincadas, zurrando desesperado e resistindo à fúria das águas, que velozes tocavam a sua barriga.

Discussões deixadas de lado, fossem na barbearia ou na tenda do alfaiate, os que apostaram na vitória de Paciente sobre as águas enfurecidas agradeceram ao bom São José quando perceberam que o rio começava a baixar o nível. Não ia demorar em retomar seu curso vagaroso rumo ao mar. Depois de trinta dias de chuva grossa sem cessar, dava sinais de que reapareceria em poucos dias com suas inúmeras pedras pretas, espalhadas em muitos trechos. Brilhariam suas vertentes de águas puras e claríssimas.

Na manhã acesa por um sol ainda tímido, os apostadores vitoriosos seguiram pela ponte estreita e foram buscar Paciente na ilha. Quando ele acabou de subir o barranco e pisar na terra firme, houve muitos vivas, foguetório riscando o céu e até discursos veementes. A bandinha tocou marchas, deram-lhe um banho de cerveja e botaram uma coroa de flores na cabeça dele.

Os apostadores vitoriosos entregaram Paciente ao dono naquele trecho de rua margeando o rio onde ficava o único hotel da cidade. Paciente permaneceu ali sem ligar para a euforia dos que apostaram que ele não seria tragado pelas águas na ilha. Demonstrava uma tranquilidade incrível como se nada de mais tivesse acontecido com ele. Ficou comendo no passeio um feixe de capim que o dono trouxera. O rabinho peludo mexia pra lá e pra cá, espantando as moscas. O seu dono ainda não tinha se refeito do susto que tomara quando soube da situação difícil que o fiel parceiro havia passado.

Camacã não sabia como agradecer a São José por ter salvado Paciente da fúria das águas. Com certeza o santo padroeiro ficou com pena dele e da situação nada boa que o tempo de repente armara para Paciente na ilha. O santo padroeiro era quem mais podia saber que um não podia viver sem o outro. Como ele iria se arranjar quando tivesse de levar as cargas de areia para as construções sem Paciente? — perguntava-se, sem saber o que faria se o pior acontecesse com Paciente.

Camacã era muito apegado a São José, não perdia uma novena na festa do ano dedicada ao padroeiro de Itabuna. Tinha até um retrato grande do santo pendurado na parede da sala do casebre. Um retrato que ele mandou botar numa moldura e depois deu para o padre Nestor benzer. Não perdia uma procissão no dia consagrado ao santo. Era um dos que carregava pelas ruas a imagem de São José no andor florido naquele dia especial. São José realizava mais um de seus milagres famosos ao salvar Paciente da fúria das águas. Acreditava que daquela vez o agraciado era ele, como reconhecimento de sua fé firme e amor extremo pelo santo.

Dezenas de meninos deixaram de ir ao colégio naquele dia em que Paciente foi entregue ao dono pelos apostadores vitoriosos. Formaram pequena multidão em frente ao hotel. Inquietos, seguiram no cortejo atrás de Paciente, o dono à frente puxando-o pelo cabresto. Os passos de Paciente desviavam-se de vez em quando de alguma poça d'água, obedeciam ao que o dono ordenava, fiéis e submissos como sempre. Por onde Paciente passava, tornava-se alvo dos olhos curiosos das pessoas que apareciam nos passeios, portas e janelas. Vinham vê-lo desfilar nos passos curtos, cadenciados, toque-toque, balançando a coroa de flores na cabeça, os meninos atrás alvoroçados, dando gritos e vivas pra ele.

Camacã tinha agora a fronte reconfortada devido à alegria que Paciente causava em gente grande e menino. Sorridente, mostrava-se com os mesmos ares que costumava ter quando seguia pelas ruas esburacadas com Paciente, carregado das latas de areia, rumo às construções.

Semanas depois, os ceguinhos na feira dedilhavam a viola que gemia no peito. Contavam às pessoas incrédulas a luta desigual que Paciente teve na ilha, as águas querendo afogá-lo a qualquer momento e levá-lo como um bicho inútil, boiando nas correntezas. Contavam com dó o sofrimento que ele teve na ilha durante dias, como zurrava desesperado sem poder impedir que as águas deixassem de crescer na passagem cheia de fúria, que já chegava a tocar na sua barriga. Contavam como apareceu São José em cima das águas para tirar Paciente daquele suplício. Segundo eles, São José chegou a dizer a Paciente que não se assustasse mais, parasse de zurrar, que o sofrimento dele estava prestes a terminar. Não tivesse mais medo algum, que a salvação divina não falha, tivesse fé nele, o glorioso São José, e no Jesus Cristo salvador, que mais sofreu na cruz pela maldade dos homens e nem por isso deixa de socorrer neste mundo cruel os desvalidos e abandonados no perigo. Nem São José nem Jesus Cristo deixam de ouvir e proteger os que na hora da aflição chamam por eles.

Ilha do Jegue foi o nome que ficou na boca do povo em razão de tudo o que aqui foi recontado. E assim passou a ser levado pelos ceguinhos que visitavam com a sua cantoria a feira de outra cidade ou de algum vilarejo.

Exatamente com esse nome foi que os meninos de minha cidade passaram a conhecer minha ilha.

Lição de amor

Entrávamos na escola em fila dupla, cantávamos hinos pátrios antes de tomarmos assento em nossas carteiras. Respondíamos à chamada sentados. Triste do aluno que faltasse à aula e não viesse depois com o pai justificar a sua ausência. Recebia o pior dos castigos. Nosso professor fazia vibrar cinco vezes enorme régua em cada nádega do aluno faltoso, que ficava em posição quadrúpede diante dos olhos horrorizados dos colegas.

Nosso professor iniciava a primeira aula com uma pequena régua em punho. Havia nele nesse instante grande prazer que se renovava todos os dias. O rosto sério revelava o rigor da atitude daquela pessoa que comanda.

Nossa escola ficava num prédio de esquina. Tinha apenas um enorme salão, com grandes janelas de frente e de lado. Na parte superior do prédio funcionava a maçonaria, cujas reuniões noturnas eram presididas por um bode preto que ocupava a cabeceira da mesa, garantiam os alunos mais antigos. Falavam também que a maçonaria era uma sociedade poderosa, cheia de segredos e forças ocultas. Coitado do maçom que caísse na infelicidade de um dia revelar algum de seus segredos ou desertar de suas fileiras. A pessoa seria perseguida por forças estranhas até o fim da vida, adiantavam os alunos mais antigos.

— Quando eu for grande, nunca vou pertencer a uma sociedade como essa — observava Litinho para os outros colegas, entre compenetrado e sério.

O tempo na escola ia passando com sua pesada carga de estudos.

Era um tempo de desafio constante em sua atmosfera povoada de sombras. Cada aluno queria atingir metas, melhorar de nível, por isso suportava o massacre diário, com exercícios aritméticos, lições de português, ciências naturais, geografia e história.

O grande sonho dos alunos era concluir o curso primário e, submetidos ao exame de admissão, ingressar no ginásio. Ser aluno do único ginásio da cidade pequena era a maior glória. Significava pertencer a uma classe privilegiada de estudantes, marchar nas paradas com o peito cheio de orgulho, ser admirado por pessoas importantes na cidade.

Nosso professor tinha uma voz que infundia medo. Quando falava, dava a sensação de estar quebrando coisas frágeis ou imprensando na parede criaturinhas indefesas. Usava óculos de aro grosso e lentes com grau forte, a cabeça lisa como uma bola de bilhar. Nas provas mensais gostava de caminhar vagarosamente entre as carteiras, vigiando com cuidado os alunos. Estatura elevada, seus passos tiravam sons fundos do assoalho.

A ideia surgiu de um aluno magrinho que cursava o quinto ano.

Descobriu que nosso professor perdera a esposa e o único filho num desastre de carro, com poucos anos de casado. Morava sozinho numa casa longe do centro da cidade, fazia refeições numa pensão modesta perto da estação de trem e não acreditava em Deus. Não tinha amigos e nunca compareceu a nenhum acontecimento social. À noite recolhia-se aos livros, corrigia provas, preparava deveres, anotava lições que seriam ministradas no outro dia.

E a ideia luminosa aconteceu por feliz coincidência numa manhã cheia de luz. Talvez o sol soubesse daquela ideia que cresceu em sigilo com a aprovação de todos os alunos e, naquela manhã esplêndida, viesse solidário se juntar a ela com os seus raios festivos, resvalando-se em todos os cantos da escola.

Depois que cantamos o hino pátrio, não sentamos para responder à chamada, como era costume fazer. Irrompemos numa onda alegre e começamos a cantar "Parabéns a Você", com todo o calor de nossos pequenos corações. Repetimos várias vezes a canção numa só voz plena de vida, ante o nosso professor, que a princípio levou um susto e depois permaneceu perplexo, sem saber o que fazer.

Fomos em seguida entregar-lhe os presentes. Recebeu o aperto de mão de cada aluno, agradeceu, um a um, no gesto de cabeça inclinada, sem nada dizer.

Pediu que todos os alunos fossem para casa. E ficou alguns minutos olhando o salão vazio, com uma borboleta que de repente circulou entre raios de sol, pousou na parede e retornou pela janela para o azul do céu. Percebeu naquele instante que a escola sem os alunos era uma coisa imensamente horrível, sem nenhum significado, destituída de qualquer prazer.

Então abriu a gaveta de sua mesa, retirou dali as duas réguas, uma pequena e outra grande. Quebrou ambas e jogou os pedaços na cesta de lixo.

Teve a curiosidade de ler um cartão que acompanhava um dos presentes, uma pequena caixa contendo um frasco de perfume. O escrito anotava o seguinte: "Ao Professor Fragoso, com carinho. Reinaldo". Sentiu forte tremor no corpo todo; pareceu, de repente, que a terra sumira sob seus pés.

O aluno Reinaldo tinha sido castigado com palmatória no dia anterior.

Recuou um pouco na cadeira. Fixou os olhos nos presentes que se amontoavam na mesa à sua frente. Pôs as mãos no rosto.

E chorou.

Os dias guardados no coração

O rio cortava a cidade em duas partes. Nas férias era quando mais vasculhava aquelas águas rasas e profundas. O rio era como um mapa colorido em que entravam todas as manhãs do mundo. De calção e peito nu, o sol do verão aceso no peito, com que emoção tinha descobertas esplêndidas por margens, ilhas, poços e correntezas.

Na outra margem, estava o campinho de futebol, nas imediações de um bairro pobre. Saltava pelas pedras pretas para encurtar o caminho; no meio do rio, onde havia um trecho fundo, nadava com braçadas firmes e como um peixe veloz atravessava a última correnteza até chegar à outra margem. A última correnteza era a mais forte de todas, o obstáculo mais difícil a ser transposto para chegar até a outra margem. A bola não parava no campinho todo gramado. O jogo terminava como começava, cheio de lances aguerridos, vaivém intenso com empurrões, bate-bocas e xingamentos. "Passa a bola, moleza, não vê que o tempo está passando?" O rio descia sereno, serpeando ao largo, como um bicho manso levava no dorso o tempo batido por ventos que conquistavam gols incríveis na cidadela adversária. Às vezes o jogo terminava quando a bola rolava pelo barranco e o rio a levava na correnteza. Os ventos constantes que batiam no peito suado eram amansados agora com os mergulhos nas águas claras do rio.

Dávamos saltos incríveis do ponto mais alto do barranco. Com receio de chegar tarde e receber como castigo não ir à matinê do "Cine Itabuna" naquele domingo, retornava para casa apressado, retomando o mesmo caminho pelas águas. Quinquinha, o mais novo da turma, ficava naquele choro enjoado, procurando pela camisa que havia sido escondida no mato. "Também pudera, toma aí o que queria, quem manda menino pequeno se meter no meio de turma que só tem garoto grande!" Dizia no sério, todos concordavam; aquele que fez o malfeito em Quinquinha mostrava-se sorridente, todo compenetrado.

No verão o sol vermelho sangrava nuvens acima dos morros que cercavam uma das partes da cidade. Tentava chegar em casa antes que a tarde desaparecesse no horizonte. E, antes de entrar em casa, permanecia cauteloso no beco onde Seu Isaías tinha a oficina para consertar as bicicletas. Dali observava se a porta de casa estava fechada, sondava se o momento era propício para entrar na moradia sem ser descoberto. Na oficina, Seu Isaías não parava de mexer com as mãos sujas entre peças velhas, rodas, para-lamas e guidões. Aquele homem tinha as mãos hábeis para consertar as bicicletas da cidade. Só demorava um dia para consertar a bicicleta de gente grande ou pequena quando se tratava de uma revisão geral. A bichinha saía da oficina dele novinha em folha, toda consertada e pintada, como se viesse da fábrica naquele instante.

Do passeio na esquina ficava vendo gente adulta passar na rua, retornando do trabalho. Algumas pessoas entravam na padaria, outras saíam da farmácia. O pai já devia estar em casa, depois de mais um dia extenuado no trabalho. O pai estava construindo outra avenida de casinhas no outro lado do rio. Ele era o próprio mestre da obra. Olhos atentos inspecionavam agora e se precaviam. Se o pai já estivesse em casa, a saia da mãe seria mais uma vez o abrigo certo para protegê-lo de uma situação crítica, pensava. O pai sempre o flagrava chegando tarde em casa, dizia num tom ameaçador: "Esse menino não quer mais sair desse rio com os amigos! Está se criando à toa. Os estudos dele como andam, hein?". O maior medo era quando o pai dizia que ia mandar ele para estudar interno num colégio da capital, onde o irmão mais velho já se encontrava. O sonho do pai era ver os filhos formados, o mais velho como médico e o mais novo como advogado.

Ele passou a ir buscar a carne fresca no açougue desde que o irmão foi estudar interno no colégio da capital. O açougue ficava em um dos quarteirões da rua onde morava. O açougueiro chamava-se Maçu, um preto alto e musculoso. Suas mãos grossas dilaceravam com o machado pedaços grandes da carne bovina, cortavam ossos sobre o cepo de jaqueira. Com a faca afiada, cortavam postas de carne que ficavam expostas nos ganchos do ferro comprido, fixado na extremidade de uma parede à outra por trás do balcão. No açougue, mãos impacientes misturavam-se no balcão com vozes barulhentas e constantes, pedindo o pedaço melhor da carne bovina, enquanto ele bestava lá fora, sentado no meio-fio, aquecendo o corpo magro com os primeiros raios de sol. Gostava de ver gente grande que ia passando na rua com os primeiros claros do dia, a caminho do trabalho. O machado continuava cantando lá dentro do açougue, como a lhe dizer que o tempo estava passando, fosse logo comprar o seu pedaço da carne fresca antes que não sobrasse nem carne dura nem com osso nem mais nada. Os pais deviam estar aborrecidos com a sua demora no açougue. Entre receoso e assustado chegava em casa, trazendo o pedaço da carne fresca presa num gancho de ferro. Inconformado, o pai reclamava da sua demora em voltar do açougue, prometia outra vez mandá-lo para o colégio interno na capital. Um medo então tomava conta do corpo, corria na espinha como uma lâmina fria, estremecia o coração, deixava o cabelo arrepiado e às vezes dava até tontura.

Apressado, vuque que vuque, bebia o café morno na refeição da manhã. Mais apressado tomava o mingau de aveia. Ainda apressado limpava a gaiola, botava o alpiste e mudava a água do canário. Precisava encontrar-se cedo com a turma em frente do armazém de Seu Fontes, como havia combinado. Olhos nervosos não escondiam o desejo forte para precipitar as aventuras, mal o dia surgia radiante em todos os cantos da cidade. Era sempre o primeiro da turma que chegava ao lugar combinado, para dar início a mais uma aventura.

Dessa vez no passeio observava com cautela o armazém de Seu Fontes: mantas de carne-seca e jabá penduradas no cavalete; cordas de cebola e alho sustentadas por pregos grandes na parede; sacos de farinha, milho, arroz, feijão, batata e amendoim na frente do balcão comprido. Um gato preto dormia em cima do balcão numa pilha de jornais velhos, o bichano indiferente ao que porventura acontecesse com algum ruído no armazém ou lá fora no passeio. Seu Fontes cochilava na cadeira por trás do balcão, os óculos com aro de tartaruga nos olhos pequenos e azuis. Aproveitar o descuido do velho, apanhando logo um bom pedaço de jabá e punhados de farinha.

— Fora daí, seus diabinhos, não têm o que fazer não? — no meio da voz que infundia o medo, o que se via era o calcanhar tocando a bunda veloz, peito esbaforido sem norte ou sul, rosto suado e cabelo assanhado ganhando as lufadas de vento.

Já em outro trecho da rua, sentia o coração refeito do medo na carreira desabalada. Sorria e comentava com os amigos o susto que Quinquinha havia tomado. Quando começaram a correr para fugir do Seu Fontes, ele se bateu em perna de gente grande, tropeçou e caiu ali mesmo no passeio do armazém. Quase foi apanhado por Seu Fontes. A turma comemorava agora com vaias, assovios e gargalhadas a ventura do malfeito. As bocas sujas de farinha não paravam de mastigar a carne de jabá, dura e salgada. Havia sido cortada com o canivete Corneta* em pequenos pedaços. Tinha o cuidado de trazer o canivete com a lâmina afiada para ocasiões como aquela. Guardava-o no bolso da calça curta e dele só se afastava quando saía de calção para jogar bola nos campinhos dos terrenos baldios espalhados na cidade ou para tomar banho de rio.

Foi um dia nada agradável quando a mãe falou que ele ia estudar no internato em Salvador. Na véspera de tomar aquela decisão, o pai recolhera-se ao quarto mais cedo. Grande parte da noite ficou sem dormir. Virava de um lado pra outro o corpo

---

* Canivete pequeno, com a marca de uma corneta gravada no cabo.

inquieto na cama. A mãe falou que o pai dormiu pouco naquela noite preocupado em conseguir dinheiro para custear os estudos do outro filho num colégio interno da capital.

Da janelinha do avião viu o pai acenar nervoso para ele o lenço branco. Desapareceu num instante quando o avião, feito um bicho de outro mundo, correu na pista e ganhou o céu até perder a noção da altura entre nuvens que passavam velozes. Viajou acabrunhado, não se separou dele o gesto de adeus do pai com o lenço branco. O coração pulsava com medo porque não sabia o que a vida estava reservando para ele no internato, lá na frente.

Com um rosto alegre, o irmão já estava esperando-o à porta do colégio. Na primeira noite que teve no internato quase não conseguiu pegar no sono. Lembrou-se do beijo que deu na primeira namorada. Seria aquele beijo o primeiro e o último? Os amigos diziam que, quando algum menino ia estudar em Salvador, a namorada que ficava na cidade esquecia o namorado depressa. Arranjava logo outro. Encontraria a namorada com outro namorado quando voltasse à sua cidade nas férias? Lembrou-se como o cinema quase veio abaixo quando na matinê lotada a plateia aplaudiu com palmas, gritos e assovios o mocinho que sacou ligeiro o revólver com o cabo niquelado e prendeu os bandidos no exato momento do assalto ao banco. Desamarrou a mocinha presa numa cadeira naquele quarto empoeirado, em seguida tirando o lenço que amordaçava a sua boca. Antes que o mocinho beijasse a mocinha no final da fita, foi aí que respirou fundo na cadeira, tomou coragem e deu o primeiro beijo na namorada. Um beijo leve e breve na face, mas que valeu uma eternidade de prazer e doçura. Ela ficou assustada, saindo logo do cinema, antes mesmo que as cortinas se fechassem, as luzes se acendessem de novo e uma música suave começasse a tocar para o deleite das pessoas que iam se retirando vagarosas do recinto.

Aquela primeira noite no internato veio com uma lua cheia, vista por uma das janelas do dormitório, provavelmente derramando seu clarão de prata nas mangueiras que existiam lá fora nos campinhos de futebol sem grama. Tentou naquela noite triste reconciliar-se com o sono. Contou carneirinhos e estrelinhas.

OS DIAS GUARDADOS NO CORAÇÃO

Lembrou o que o irmão havia dito sobre o internato. Era ruim no início, depois a gente acostuma rápido, arranja novos amigos e tudo fica mais fácil. Nem tudo era só estudo e reza na missa, antes de cada refeição ou de começar a aula. Havia suas compensações que amenizavam o tempo de estudo, oração e disciplina. Como o jogo de bola no recreio, com o jogador de cada time usando chuteira, parecendo jogador de verdade, tendo a camisa do seu time numerada nas costas. Os alunos que se dedicavam aos estudos, que conseguiam tirar boas notas e fossem bem-comportados na semana tinham permissão para saírem no domingo, indo passear na cidade. Imagens da mãe começaram então a tomar conta dos pensamentos confusos. Apareciam aos poucos naquela maneira doce de cativar a vida quando ele estava aborrecido por causa de alguma tarefa que o pai arranjava. Depois que o irmão foi estudar no internato, ele passou também a cobrar o aluguel dos inquilinos que moravam nas casinhas construídas pelo pai nos bairros populares e distantes. E por causa disso naquele domingo ficou sem poder encontrar com a turma cedo para o jogo de bola e depois tomar banho de rio no Poço da Pedra do Gelo. As lembranças afetuosas da mãe afastavam uma atmosfera que ia se formando dentro dele misturada de saudade e inconformismo. Até que conseguiu reconciliar-se com o sono em sua primeira noite no internato.

O rio ia ficar agora, a cada dia, distante dele. Aquém, até certo ponto esquecido com a passagem inevitável de um novo tempo no internato. Suas águas claras e puras iam se tornar manchas, que viriam para sobrepor-se àquele mapa colorido feito de todas as manhãs do mundo, de aventuras inventadas com sustos esplêndidos.

Lembranças da mãe estariam sempre com ele, a pulsar dentro. À noite, rezaria para ela um pai-nosso e três ave-marias. A mãe iria estar sempre aparecendo em imagens claras, vivas, antes de dormir e durante o sono. Ela enxugaria com mãos pacientes penas do pássaro que teve as asas aprisionadas de repente. Às vezes, ela iria aparecer numa nave serena, para assim lhe dar a certeza de que ele não ia ficar sozinho de agora em diante, pelos caminhos da vida.

35

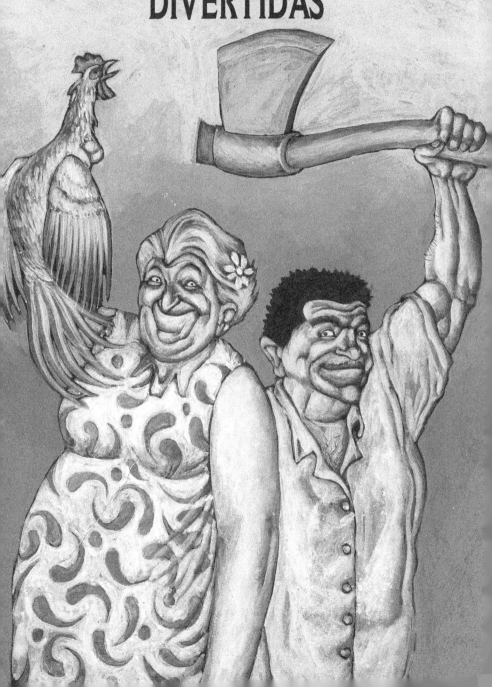

Dona Joventina, uma grande heroína

Dona Joventina tinha os passos ligeiros para uma mulher de sua idade, os olhinhos azuis como duas contas no rosto sob a pele enrugada. Os cabelos brancos e sedosos davam-lhe aquele ar de criatura sábia. Muita gente na cidade sabia que ninguém cuidava tão bem das flores como Dona Joventina. Há dois anos fora contratada para cuidar do jardim na casa do proprietário da loja de calçados. E também dos bichos de estimação: os cães peludos do patrão, a arara-azul da patroa, o gato siamês do menino e o coelho da menina.

Baixota e gorda, as pernas arqueadas. O que mais gostava de fazer era plantar e regar as flores com mãos pacientes. Arrancar as ervas que impediam o crescimento livre das plantas nos canteiros. Sentia uma coisa esquisita dentro dela quando via uma flor desabrochar. O coração parecia que ia ter uma vertigem, de tão alegre que ficava com o milagre revelado diante dos olhinhos azuis. Um milagre pleno de harmonia e graça que só podia ter sido inventado pelas mãos de Deus, dizia sorridente. Afirmava que o sono não podia ser melhor, sereno e abençoado, se o cravo recendia no jardim, impregnando a noite enluarada com o seu perfume silvestre.

Dona Joventina acabara de fazer setenta anos. No sábado havia soprado sete velinhas num bolo grande com cobertura de chocolate, recheado de nozes, que a patroa mandou que fosse comprado pra ela na confeitaria do espanhol. Recebera da patroa um casal de garnisés como presente de aniversário. Pensou logo em deixar as aves com a filha Risoleta, que não via há mais de ano, desde que se mudou para Itapira, cidadezinha que ficava na última parada do trem.

O genro Mozinho foi encontrar com Dona Joventina cedo. Era um rapaz corpulento que gostava de botar galo para brigar na rinha, vício que Dona Joventina não aprovava desde o tempo em que ele namorava a filha Risoleta. Mozinho não era o homem ideal para casar com a filha Risoleta enquanto não largasse aquele vício de pura judiação com as aves. Mas o que podia fazer? O coração da filha era quem mandava, o coração tinha razão que a própria razão desconhece. Assim ela ouviu um cantor popular dizer várias vezes numa canção no rádio. A cantiga puxou logo a lembrança do marido Tenório, tido como o melhor carpinteiro da cidade. Partira desta vida para a do além depois de quarenta anos de casado. Ouviu com atenção o cantor repetir aquela coisa doída que machucava e arrancava do peito suspiros profundos. Os olhinhos piscaram e se fixaram no retrato do marido em cima da mesinha, escorreram da água azul deles dois fios de lágrima pelas rugas.

O genro Mozinho tirou da cabeça grande o chapéu de aba larga num gesto de respeito, assim que Dona Joventina apareceu no portão. Pediu-lhe em seguida a bênção. Dona Joventina usava uma flor de açucena enfiada no cabelo, cuidadosamente enrolado na comprida trança sedosa atrás da nuca. Costume que tinha todas as vezes que ia fazer uma viagem ou quando se tratava de uma ocasião especial. Trazia a sombrinha de pano estampado na mão esquerda, o casal de garnisés na direita, as aves embrulhadas com as cabeças de fora.

Apressada, dirigiu-se com o genro Mozinho para a estação para pegar o trem das oito horas. Havia muita gente para embarcar no trem. Meninos ofereciam cordas de caju e caranguejo aos passageiros que aguardavam na plataforma a hora de embarcar no trem. Uma velha preta mercava o mingau com uma voz dolente para atrair os primeiros fregueses no domingo que amanhecera ensolarado, brilhando no céu feito um espelho.

Trem cheio, muita conversa tola. Dona Joventina conseguiu arranjar um lugar junto da janela, graças ao rapaz de voz delicada e cara sardenta. O rapaz chegou a abrir um sorriso com doçura para Dona Joventina, dizendo pra ela que não era favor nenhum o que estava fazendo, não precisava agradecer, tinha prazer em ver a vovó viajando tranquila, admirando pela janela a paisagem verde do campo, distraindo-se com as nuvens mansas que passavam no azul do céu. Dona Joventina abriu bem os olhinhos e notou logo que aquele rapaz de voz suave tinha um dente de ouro na dentadura alva. Brilhava quando ele abria a boca. O rosto com uma barba ruiva lembrava o de um felino que viu certa vez na televisão, olhando de longe, debaixo de uma árvore, para um bando de zebras que bebia água no rio.

Vento morno refrescava o rosto de Dona Joventina. Com o balanço do trem e aquele vento que soprava no rosto em carícia de lenço, ela passou a tirar um cochilo de boca aberta em pouco tempo. Alguns passageiros que conheciam aquele percurso feito pelo trem todos os dias, entre Tabocas e Itapira, pensavam que a viagem iria transcorrer mais uma vez sem transtorno. O trem apitava quando vencia uma curva apertada entre morros ou atravessava vagaroso algum vilarejo. Um velho que só tinha o olho esquerdo tossia lá no fundo cada vez que o trem sacolejava mais numa curva. Às vezes dava a impressão de que não ia conseguir subir a ladeira, talvez parasse no meio para tomar fôlego e prosseguir na viagem. Toda vez que o velho tossia lá no fundo, Dona Joventina abria os olhos miúdos, apalpava o casal de garnisés junto às pernas, assegurava-se de que as aves estavam bem e voltava a cochilar de boca aberta.

O trem parava para desembarcar e embarcar os passageiros, de estação em estação. Apitava três vezes antes de dar a nova partida. Resfolegava, soltava fumaça, dava solavancos e rangia os ferros pesados nos trilhos. Deixava as cidadezinhas e vilarejos para trás, alegrava como uma coisa viva quando chegava e partia de cada lugar. Pessoas apareciam na porta e nas

janelas dos casebres à beira do caminho, vinham dar no terreiro adeus ao trem que passava.

O homem do banco próximo a Dona Joventina fumava o cigarrinho de palha, ao lado dele a mulher aconchegava ao colo o menino papudo que chupava o bico, ferrado no sono. Aí, quando o trem começou a subir a ladeira devagar, chiando e resfolegando, Dona Joventina sentiu que alguém puxava as pernas da galinha e acordou sobressaltada. Com espanto, viu junto dela o rapaz de cara sardenta que tinha um dente de ouro na dentadura alva. Aquele mesmo que havia sido tão gentil com ela antes de começar a viagem. Valei-me, Nossa Senhora Perpétua do Socorro! Vinde salvar uma pobre velha que está sendo assaltada por um leão faminto! Com a cabeleira assanhada, nervoso, o rapaz não escondia agora que era mesmo um leão faminto dos mais perigosos. Sem hesitar naquele momento de extremo perigo, Dona Joventina agarrou-se à garnisé com todas as forças que pôde reunir, tentando impedir que ela fosse arrebatada pelo rapaz com o rosto nervoso. O rapaz, de uns vinte anos, já sem disfarce, puxava a galinha pelo pescoço, tentando arrebatá-la de qualquer maneira das mãos gordas de Dona Joventina.

O trem já havia vencido a ladeira mais difícil de subir, enquanto a disputa pela posse da garnisé continuava acirrada entre Dona Joventina e o rapaz agitado. O trem teve de diminuir a marcha quando se aproximou de Itapira. Dona Joventina não se dava por vencida em nenhum momento da disputa, esforçando-se para que a galinha ficasse com ela. O rapaz fazia o mesmo, puxando a ave com força pelo pescoço. Naquele impasse que não definia pra que lado ia ficar a galinha, só se ouviam agora no trem os protestos do pessoal que se agitava inconformado diante da disputa desigual que Dona Joventina enfrentava. O velho que só tinha um olho e tossia forte durante a viagem gritou que aquilo não podia ficar sem punição, chamassem logo a polícia. O homem que fumava o cigarrinho de palha esbravejou, cuspiu cobras e lagartos, exigiu providências urgentes, era um absurdo aquilo que se estava fazendo com a pobre de uma velhinha. Os passageiros faziam barulho com as vozes confusas, ninguém entendia ninguém no alvoroço que tomou conta do trem. Até que, num puxão violento, o pescoço da ave foi arrancado, ficando em poder do ladrão, enquanto o corpo da galinha restou nas mãos trêmulas de Dona Joventina. Os passageiros fizeram com a boca um ó maior do que o trem quando viram Dona Joventina com o resto da garnisé, toda respingada de sangue, o vestido sem as mangas compridas que o rapaz havia arrancado.

O genro Mozinho saiu do sanitário atônito, segurando a calça. A bem da verdade, chegava tarde para salvar Dona Joventina do vexame que havia passado com o ladrão. Mesmo assim correu atrás do desconhecido e tentou segurá-lo pelo pescoço. Não teve êxito. Ou bem segurava a calça para não cair e ele ficar só de cueca diante de todos no trem ou não ligava pra nada disso e se agarrava logo com o rapaz sardento, aplicando-lhe ali mesmo sem dó uns vinte bofetões. O rapaz aproveitou-se da indecisão do genro Mozinho e, num salto rápido, atirou-se à via férrea. O genro Mozinho quis fazer o mesmo: diante dos passageiros pasmados, embaraçou as pernas na calça, perdeu o equilíbrio e caiu, ferindo-se na perna e no queixo.

A composição parou, Dona Joventina saltou e, apressada, foi socorrer o genro.

Foi aplaudida por todos os passageiros.

Antes de seguir para o hospital, aconselhou-se com o genro Mozinho e achou melhor desfazer-se do resto da galinha, presenteando-a ao velho que só tinha o olho esquerdo e tossia forte durante toda a viagem. O velho tirou da cabeça lisa feito uma tábua o chapéu de palha furado, inclinando o rosto comprido com um nariz adunco para a frente, agradecido e comovido com o gesto de renúncia que Dona Joventina acabava de fazer.

Quando chegou ao hospital, Dona Joventina limpava os olhos com o lenço que o genro Mozinho lhe deu.

Estava muito nervosa com os lances inesperados que acabara de passar naquela disputa feroz.

Chorava muito e alto.

Levava para a filha Risoleta apenas o galo garnisé.

O Ano-Novo de Pedro Cotia com o filho Peri Cantoria

Pedro Cotia era um homem de tamanho pequeno e nada temia neste mundo. Tinha o pescoço grosso enterrado nos ombros, braços roliços e possantes. Disposição para o trabalho nunca lhe faltou, acordava antes que o primeiro passarinho cantasse. Não existia melhor distração para ele do que quando estava com o machado derrubando uma árvore grande. O instrumento pesado parecia um brinquedo no vaivém dos braços musculosos.

Tinha um jeito desconfiado de olhar para as pessoas quando o assunto era algum negócio a ser realizado. Era de mais escutar do que de falar, como se calado estivesse se prevenindo de algo perigoso que de repente poderia investir contra ele. Franzia a testa, fazia-se de desentendido se notasse que era uma boa mentira a mata com madeira de lei oferecida pra que ele comprasse por um preço baixo. Nunca havia esquecido o que um dia o avô Faustino dissera. O bicho mais perigoso da terra é um que anda em duas pernas aqui em cima. Para esse bicho estranho todo o cuidado era pouco. Era um bicho sagaz e traiçoeiro como somente ele sabia ser em qualquer lugar do mundo.

Quando chegou ao povoado de Buraquinho da Mata com um grupo de forasteiros, as poucas pessoas que moravam naquelas brenhas* só falavam nos índios e perigos da selva, onde era comum se ouvir esturro** de onça e a gritaria dos macacos nas árvores nativas. Buraquinho da Mata tinha poucos casebres, um desses era o de um vendeiro, um galego de braços cabeludos, voz grossa, o rosto vermelho feito um camarão. Havia perdido o olho direito quando foi caçar na selva e encontrou um índio que lhe desferiu uma flechada.

Pedro Cotia disse ao vendeiro que ia morar na selva, pretendia derrubar umas árvores grandes e construir sua casa na Serra da Caipora. Ali ia plantar roça de cereal e manter um criatório com bicho de terreiro. Ele achava que ia ficar amigo da caipora em pouco tempo, agradando-a com cachaça e fumo. Com os índios não ia ter nenhum tipo de problema. Era só presenteá-los com pente, perfume, espelho, agulha, carretel com linha, talco, sabonete e outras coisas miúdas, que eles ficavam alegres, amigos para sempre, como também lhe dissera o avô Faustino.

Não demorou muito tempo para que o povoado de Buraquinho da Mata atraísse forasteiros dos lugares mais longínquos, em razão da fama de suas matas virgens com muita madeira de lei, por léguas e léguas. Vinham da terra seca onde o sol castigava o ano inteiro e se instalavam em acampamentos espalhados dentro da mata. Todos os dias saíam cedo para derrubar a mata fechada com o machado, sozinhos ou em grupos. Com as clareiras que iam abrindo aos poucos, foram empurrando os índios para as léguas mais distantes.

Buraquinho da Mata cresceu com as ruas apertadas, sem calçamento, tortuosas. Havia nelas poeira no verão e muita lama no inverno. Tornou-se o centro rodoviário da região em pouco tempo, os caminhões carregados de toros de madeira trafegavam na estrada esburacada a toda hora. Houve forasteiro que ficou rico da noite para o dia com o comércio da venda de madeira. Pedro Cotia foi um deles, tornou-se dono das matas mais ricas

---

* Mata espessa e emaranhada, matagal.
** Urro; miado forte da onça, que causa medo e pânico na mata.

em madeira de lei daquelas bandas. Vendia pequenos pedaços de mata virgem, se achasse um bom preço e o negócio fosse conveniente. Falta nenhuma lhe faziam os pedaços de mata que vendia, suas terras cobertas de madeira de lei estendiam-se por serras e baixadas até se perderem de vista.

Vendo o povoado se tornar cidade, com igreja, praça e até um cinema, e a prole crescida, entendeu que havia chegado o momento para ir morar com a família em Buraquinho da Mata. Precisava com urgência tratar da educação dos filhos, colocá-los na escola recém-inaugurada para que aprendessem a ler e se tornassem gente quando alcançassem a idade adulta. Ao se embrenhar na Serra da Caipora, onde construiu uma casa com paredes de adobe e cobertura de palha, acasalou-se com a india-zinha Diacuí, que lhe deu seis filhos. As meninas pareciam com a mãe nos olhos rasgados e cabelos finos, enquanto os meninos, com o pai nos lábios grossos e na pele de mulato.

Já montado em palacete na cidade, próspero negociante com a madeira que extraía de suas matas, imaginou que Peri, o filho mais velho, deveria ser remetido para estudar na capital. Queria vê-lo formado e voltar mais tarde para ajudar o pai no comércio da venda de madeira. Um negócio que a cada dia ficava mais complicado, principalmente depois que ele se tornou dono de uma serraria com movimento intenso. Não sabia calcular o preço de uma grande quantidade de madeira serrada em peças, ripões, tábuas, barrotes* e longarinas**. Somava, diminuía, mul-tiplicava, dividia, fazia contas e mais contas, mas nunca achava o preço certo para fornecer ao freguês que fizera a encomenda, já impaciente, botando fogo pelas narinas ali diante dele.

Tirando ouro pelo nariz, de vez em quando dando um arroto que estremecia as paredes da sala, Pedro Cotia não quis pensar duas vezes sobre o assunto. Remeteu o filho Peri

---

* Peça de madeira, de 17cm X 7cm, maior que o caibro e menor que a vigota, na qual se pregam as tábuas dos soalhos e tetos, usada também em armação de sobrelojas, coberturas, etc.

** Qualquer viga disposta segundo o comprimento de uma estrutura, usada em armação de telhados, currais, etc.

para estudar na capital, em cima de forte mesada. Moço que gostava de dedilhar um violão alegre, cabelo com um topete saliente penteado cuidadosamente, bem-vestido, engomado e perfumado, Peri não fez na capital outro percurso senão andar em pé de baile durante anos. Peri Cantoria, como gostava de ser chamado com afeto pelas moças dos bairros e subúrbios, ressalte-se. No intervalo de cada festa, ah, com que emoção e dedos hábeis tocava o violão e atacava com a voz de veludo as moças casadoiras, arrancando suspiros profundos dos peitos enamorados em cada canção.

Quando perguntavam a Pedro Cotia sobre o filho Peri, certeira como um tiro a resposta era uma só: "Está no trabalho de doutor, na última volta do curso".

Um dia o tempo, que, em seu lado sério, não gosta de ser enganado com violão alegre e voz de veludo de quem quer que seja, chegou junto ao moço Peri. Bem dentro do juízo do moço disse que este ano você vai pegar o canudo da diplomação para ir ajudar o pai no comércio da venda de madeira. Caso isso não aconteça, observou o tempo com a voz grave, o pai Pedro Cotia ia saber de verdade o que o moço Peri andava fazendo na capital, durante anos de enfiada em cima de forte mesada.

É bom saber a essa altura da história que a mãe Diacuí, convertida numa boa alma cristã, muito devota de São Miguelim, resolveu chamar o padre Murici para rezar uma missa na capela da Fazenda Graciosa quando o filho Peri chegasse com o diploma de doutor, o anel de ouro faiscando a pedra grande no dedo.

Houve muita animação na Fazenda Graciosa com morte de novilho, foguetão no céu e cachaça de alambique andando de boca em boca. Para não falar no trio de sanfoneiros cegos, emendando uma música atrás da outra, não dando trégua para que o pessoal do baile ficasse sossegado. Veio gente das fazendas mais distantes para a festa, aos grupos encheram cedo o salão enfeitado de bandeirolas.

As moças casadoiras não tiravam os olhos sonhadores dos mínimos movimentos do moço Peri. Algumas circulavam sorridentes, outras davam piscadelas para ele. Inquietas, todas elas

aguardavam o intervalo daquela forte animação para ouvi-lo, enfim, dedilhar o violão alegre e soltar a sua voz de veludo, que comovia e encantava.

O moço Peri estava radiante de felicidade na festa animada, recebia abraços e parabéns efusivos a todo instante por ter conseguido o canudo da diplomação, com muito estudo, esforço e disciplina, durante os anos que passou na capital, sofrendo nas pensões longe dos pais, irmãos, parentes e amigos. O moço Peri sabia que ali na festa animada era o único alvo de setas atiradas por Cupido a todo instante. Às vezes era ele quem piscava o olho até para moça comprometida, com aliança e tudo, se o noivo se descuidasse dela por alguns minutos.

Lá pelas tantas, os amigos de Pedro Cotia quiseram saber de que raça de doutor procedia o moço Peri.

Bem mamado, palitado e arrotado, ele esclareceu:

— Doutor de máquina, gente!

Um careca e bigodudo caiu de indagação em cima:

— Doutor de forjar luz, meu velho?

Outro, de voz mansinha, perguntou:

— Se não é segredo do governo, seu menino é doutor de máquina de aeroplano?

Um terceiro, cabeça grande no corpo de anão, arremeteu:

— Doutor de máquina de navio ou de foguete que anda buscando gente diferente dos humanos lá no céu?

Pedro Cotia botou a mão no queixo, demorando um pouco para responder. Circulou os olhos pelo salão onde se encontrava o moço Peri, dedilhando o violão alegre, lembrando-se então do que o filho havia adiantado. E desembuchou:

— Homem, o moço meu filho é formado naquela inventoria que quando a gente bate o dedão em cima faz taque-taque-taque.

Peri Cantoria era doutor em datilografia. Diplomado em taque-taque para os agrados do pai Pedro Cotia, que já imaginava a hora de ver o filho no escritório da serraria, executando serviços prestimosos. No comércio da venda de madeira, lado a lado. Sem tirar nem pôr. De fio a pavio. Pro que desse e viesse. De noite e de dia.

A moça e o globo da morte

Os jagunços tinham os olhos como se fossem de um animal feroz. A barba deles estava sempre por fazer. Traziam um lenço vermelho enrolado no pescoço, preso a uma argola de ouro. Gostavam de usar chapéu grande. Os cabelos desciam até os ombros. Os homens ficavam aterrorizados se ouvissem a notícia de que os jagunços já estavam nos arredores da cidade.

Quando aqueles homens de rosto enfezado passavam na rua do comércio, as mulheres recolhiam-se ao oratório e ali, ajoelhadas, com o terço nas mãos, desfiavam um sem-número de rezas. Rogavam a Deus que afastasse aqueles demônios para longe da cidade, banisse todos eles com a sua maldade desenfreada para os pastos do inferno.

O terror galopava nas ruas e nos becos. O vento tinha os pés de medo. As pessoas mais velhas diziam que o vento deixava de soprar quando os jagunços passavam na rua do comércio, onde sempre permaneciam para beber em algum bar.

Aqueles homens violentos quebravam garrafas, cadeiras e mesas. Deixavam as paredes com buracos de bala. Gritavam nos cavalos em disparada.

Se algum deles executasse uma empreitada sinistra, a notícia corria rápido pelos quatro cantos da cidade. O homem executado caía empapado de sangue no passeio. O morto ficava exposto, durante horas, à curiosidade do povo.

Com a cuia ao lado para receber a esmola, os ceguinhos gemiam a viola no peito, cantavam na feira os desmandos da valentia daqueles homens brutos. O delegado fugia para o mato, o prefeito escondia-se no porão da prefeitura, o padre engolia depressa a hóstia consagrada. Na cidade pacata, todos tinham medo daqueles homens que eram como feras indomáveis.

Os jagunços mais temidos eram os do coronel Julião Corta-Braço. Gostavam de passar velozes nas montarias vistosas pela rua deserta. As ferraduras dos animais chispavam a terra e levantavam uma nuvem ruiva de poeira. Pelo entardecer retornavam aos seus esconderijos, seguindo por entre veredas e sombras. Montados nos cavalos suados, com os arreios ricos, levavam na cintura as armas e as cartucheiras carregadas de bala.

Aconteceu que das três filhas do coronel Julião Corta-Braço duas já estavam casadas. A mais velha casara-se com um fazendeiro de gado, morava com o marido na fazenda e já havia dado ao pai dois netos. A segunda filha havia se casado com um próspero comerciante da cidade. Era a que mais parecia com o pai, no temperamento forte e no jeito esperto que tinha quando comprava alguma coisa cara. A terceira filha era a mais bonita e a de que o coronel Julião Corta-Braço mais gostava. Ele gostava de chamar essa filha de "Meus Amores".

O coronel Julião Corta-Braço não media esforços para fazer qualquer agrado e satisfazer os caprichos da moça. Presenteava-a com pulseira de ouro, anel de brilhante, seda do Oriente, perfumes raros. No dia do aniversário, ele ofereceu à filha um lindo colar de esmeraldas.

O coronel Julião Corta-Braço queria para a filha adorada, criada com mimo e presentes, um marido de muito saber, um doutor de voz educada. Era só o que desejava para a filha bem florida, vestida de véu e grinalda. Queria que ela desfilasse na igreja diante dos olhos deslumbrados dos parentes e convidados como num conto de fadas.

Aí foi que chegou à cidade aquilo que ele menos esperava. O mundo maravilhoso do circo com as suas atrações na praça.

Domador de fera, mágico, equilibrista, bailarina, trapezista, acrobata.

Feras, as mais perigosas feras: leão, tigre, onça, gorila, leopardo.

O fabuloso palhaço Come-Palha, o pugilista mais incrível que o mundo já viu. Tinha um calombo na careca e era o rei da cambalhota.

O homem e o globo da morte girando na moto alada.

E de repente, não mais que de repente, o mundo que seduzia e a todos encantava girou nos olhos verdes um sonho de moça mimada. Girava no globo da morte, o homem na moto girava. Girava e enamorava olhos ingênuos e grandes, que de tanto olhar o homem na moto mais queriam olhar e nunca se cansavam.

A manhã amanheceu radiante, querendo deixar bem claro que a única coisa que existia para a filha do coronel Julião Corta-Braço eram voltas intermináveis nos olhos que acordados sonhavam. O resto era besteira, vidrilhos e lantejoulas.

Adeus, ricas fazendas que o coronel Julião Corta-Braço tanto cuidava. Adeus, pai, mãe, avós, irmãs, cunhados, sobrinhos, primos, que alegres reuniam-se nas festas da casa-grande. Adeus, verdes pastagens com as suas reses inúmeras nas serras e nas baixadas.

Girava a moto, leve girava, na garupa, a virgem amada.

O coronel Julião Corta-Braço apertou o coração, rangeu os dentes e cuspiu com raiva. Mandou chamar logo os jagunços, queria a filha de volta. Trouxessem de qualquer jeito a ingrata, não importava se viva ou morta.

Os jagunços chegaram nos cavalos fogosos, os olhos faiscando nas caras enfezadas. Usavam uma capa grande porque o tempo estava feio e a noite seria longa.

Alvoroçados, iniciaram a marcha, lá adiante se dividiram, foram passando atentos pelas ruelas de cada povoado. No encalço dos corações amantes, cada grupo mais se empenhava. Um grupo rastejou nas veredas da noite, o outro apalpou os vestígios da madrugada.

Até que o mais impiedoso dos dois grupos conseguiu pela mão do jagunço mais velho fazer jorrar quente o sangue na ponta de cega faca.

Desamor venceu a batalha nas cruzes que ergueram na beira da estrada?

Um gemia, outro chorava, diziam as pessoas que passavam se benzendo naquele trecho triste da estrada.

Um dia viu-se a claridade de duas luzes muito fortes, saindo das covas múrmuras. Aladas, subiram ao céu e se fizeram estrela-d'alva.

Passarinho nas mangueiras

O quintal grande dava para a beira do rio. Havia muitas mangueiras no quintal. Os galhos enormes de duas mangueiras pendiam para aquele trecho do rio com as águas rasas. Quase tocavam nas águas quando estavam carregados de manga. O rio descia lento no tempo de estiagem como se estivesse com sono. Crescia e ficava largo quando era tempo de chuva cortada com relâmpago e trovoada nas cabeceiras. As águas ficavam furiosas de repente, desciam em redemoinhos e vagas possantes. Cobriam as ilhotas, as pequenas pontes, as pedras grandes e pretas. Faziam ondas com espumas naqueles trechos em que encobriam as pedras pretas e grandes. Alguns meninos achavam que o rio parecia o mar naqueles trechos onde apareciam as ondas com espumas.

  Os passarinhos faziam algazarra nas mangueiras até na estação de chuvas demoradas. A velha deixava migalhas de pão no piso de cimento vermelho com muitos buracos. Um voejar alegre de asas visitava todos os dias a casa onde a velha morava. Os passarinhos salpicavam de ouro os cômodos com os trinados, trissavam* na manhã luminosa, tiravam tremulamente notas su-

---
* Cantavam (voz da andorinha).

aves das cordas de um instrumento. Quando o curió cantava, os outros passarinhos ficavam em silêncio. Isso acontecia ao nascer do sol. Com o curió cantando como um músico divino, tudo ao redor calado, parecia o paraíso começando de novo.

    Alguns passarinhos faziam o ninho na parte mais alta do telhado e no gradeado. Saltitavam na mesa, aproveitando restos de comida do almoço. Levavam no bico migalhas de pão pros filhotes. Os mais íntimos pousavam nos ombros da velha assim que ela chegava em casa. Bicavam as frutas maduras no quintal. Ninguém tocasse nelas, eram para aqueles bichinhos de Deus, que mal algum faziam ao mundo, muito pelo contrário, alegravam a vida, tornando-a rica. Encantavam o mundo com pluma e música, bico e ninho.

A velha vivia sozinha naquela casa com janelas grandes na frente e em cada lado. Ficava no fim da rua, as paredes estavam sujas há muito tempo, a pintura descascada, os tijolos apareciam em muitos lugares. As trepadeiras tomavam conta do muro que rodeava o quintal. O que seria de sua vida se não existissem os passarinhos? A velha se perguntava, vagava inquieta pelos cômodos, via-se na expressão séria do rosto que não se conformaria se um dia os passarinhos desaparecessem do quintal para sempre.

Os estilingues certeiros dos meninos eram o terror daqueles bichinhos. Um dia, a velha chegou com dois grandes cães para proteger os passarinhos, pois os meninos entravam no quintal quando ela se ausentava. Desferiam com o estilingue balas certeiras para abatê-los nas árvores. Cada cão mais valente que o outro. De dia e de noite, os cães não sossegavam, vigiavam agora o quintal, de canto a canto. Os meninos entrincheiravam-se por trás de uma pedra grande na beira do rio. De lá desferiam com o estilingue balas certeiras nos passarinhos e nas frutas. Os cães enfureciam-se, tentando saltar o muro.

Muitas pessoas sabiam que a velha passou a se dedicar aos passarinhos depois que o marido morreu, um sapateiro muito querido por sua grande freguesia feita de gente rica e pobre. A perda do marido nunca deixou de doer no peito esquerdo da velha. Com aquela dor no peito esquerdo não saberia como suportar a vida se não fossem os passarinhos. Foi então se acostumando com a vida solitária de viúva velha, a tristeza com a perda do marido ia sendo atenuada pelos cantos e pelo voejar alegre de asas pelos cômodos. A manhã chegava ao quintal sempre festiva e cheia de cores para o seu deleite.

A velha ficava também triste quando se lembrava da filha, a professora dos meninos pobres do bairro. Desapareceu no mundo com o diretor do colégio sem nunca lhe mandar qualquer notícia. Aquela filha sem juízo, fugir da noite para o dia com um homem muito mais velho do que ela, além do mais casado e pai de seis filhos. A filha era quase uma menina nos seus quinze anos de botão para se abrir em flor.

Os meninos foram saber da velha por que a professora não havia ido à escola para dar aula naquele dia. E ela, preocupada, informou que a cama da filha amanhecera vazia e não sabia o que fazer. Nunca ia esquecer a vergonha que a filha causou-lhe, desfazendo um lar feliz, deixando seis filhos sem pai, a outra mulher sem marido e cheia de mágoa. Os vizinhos da casa ao lado adiantaram depois à velha que a filha e o diretor do colégio andavam longe, bem longe, lá pras bandas do sem-fim. A velha jamais iria conseguir achar qualquer rastro deles dois.

Vivia de vender doces e amendoim torrado em frente ao prédio do único ginásio da cidade. Lá se ia com o tabuleiro na cabeça todos os dias. Cedo retornava, os doces e o amendoim torrado eram vendidos aos estudantes em pouco tempo.

A velha destinava parte do dinheiro que apurava com a venda dos doces e do amendoim torrado para comprar passarinhos. Só para soltá-los em seguida, um a um. Era o que mais gostava, ver aquelas criaturinhas indefesas voltar a ter sua liberdade. Quando ela não conseguia comprá-los, não se dava por vencida, voltando para casa de cabeça baixa. Irrompia contra os vendedores de passarinho numa tempestade de nomes feios. Dizia-se na cidade que os passarinhos soltos pela velha iam se juntar aos outros nas mangueiras do seu quintal. Os passarinhos agasalhavam-se nas mangueiras quando a tarde caía. Faziam algazarra de galho em galho, com voos e cantos.

A velha morreu numa manhã em que os passarinhos estavam bem inquietos. Foi comentário geral que, no dia seguinte ao da morte da velha, os passarinhos sobrevoaram a cidade numa grande nuvem. Seguiram em direção ao cemitério, que ficava no alto, atrás de uma colina.

E nunca mais retornaram às mangueiras para fazer algazarra e buscar agasalho quando a tarde caía. Nem para fazer ninho e voejar alegres pelos cômodos da casa, agora mergulhada naquele silêncio cada vez mais triste com a passagem vagarosa dos dias.

O velho que adivinhava

Era tido na cidade como alguém que adivinhava o futuro, dotado de poderes sobrenaturais, um incrível conhecedor dos segredos da natureza.

Cultivava flores e verduras no pequeno quintal. Vivia de vender bilhetes de loteria. Cabelos alvos, rosto miúdo, a fala fanhosa, a barba até o peito, gestos mansos. Com alguns bilhetes no bolso superior do paletó velho, as pontas de fora, percorria determinados pontos da cidade. Durante a semana era encontrado na rua do comércio e, aos sábados, na feira. Era comentário geral que muita gente ficou rica da noite para o dia ao comprar bilhete de loteria em suas mãos. Se chegasse a adiantar que determinado bilhete ia ser o premiado, a pessoa não vacilasse, comprasse logo, na certeza de que no outro dia a sorte estaria amanhecendo em sua porta.

Naquele dia claro resolveu não vender bilhetes de loteria. À noite quase não dormiu e, quando conseguiu pegar no sono, teve visões horríveis. Com gente aflita, lamento de velho, choro de menino. Acordou mais cedo do que de costume, as veias do pescoço latejavam, os olhos quase não buliam. Com o gosto do café ainda na boca dirigiu-se a uma das margens do rio. Ali, com a mão no queixo, ficou a manhã inteira olhando as águas calmas.

Com o sol a pino tomou a direção da rua do comércio. Entrou num bar e pediu vinte copos com água. Permaneceu algumas horas acocorado em silêncio, os olhos azuis fixos nos copos com água em cima de cada um dos bilhetes de loteria.

A multidão comprimia-se em volta, gente vinha chegando de todos os lados, vozes tímidas iam surgindo do meio do povo assustado.

Quando se ergueu de repente, todos fizeram silêncio. Foi apanhando os copos cheios d'água e derramando, um a um, na valeta. Depois amassou os bilhetes de loteria e jogou-os num tonel de lixo.

Disse com a voz forte:

— Serão vinte dias de água sem parar e com tanta chuva pesada o teto do céu vai desabar e o chão vai virar água de nunca mais acabar e o rio vai ficar um bicho desembestado como nunca se viu antes e com um corpo feroz de mais de mil léguas e pela primeira vez aqui na rua do comércio vai chegar.

Ante as pessoas com os olhos cheios de medo:

— Vai haver muita dor, muita tristeza, muito gemido.

Para concluir incisivo:

— Só depois que duas pessoas do mesmo sangue e do mesmo nascimento forem levadas pelas águas é que elas vão baixar.

Aquela foi de fato a maior enchente que atingiu a cidade. As águas ultrapassaram pela primeira vez as ruas ribeirinhas. Ganharam um volume impressionante e, numa fúria como nunca havia acontecido, invadiram a rua do comércio. Penetraram nos armazéns, nas lojas, nos bares, nas farmácias; submergiram a livraria, a escola, o prédio do correio; derrubaram inúmeras moradias nos bairros.

Foram vinte dias de chuva sem cessar. O tempo de céu negro, com se o dia fosse a noite, a noite uma caverna imensa repetida de escuridão por todos os caminhos.

Centenas de pessoas ficaram ao desabrigo, muitas improvisaram moradas nos morros.

Houve muita dor, muita tristeza, muito gemido.

Depois de vinte dias de chuva grossa, com trovoada, relâmpago e vento de açoite, as águas do rio começaram a diminuir. O céu mostrou à tarde alguns claros, prenunciando felizmente que aqueles dias de chuva forte iam terminar. E o rio retornaria à sua calma.

Mas as pessoas com o rosto de espanto comentavam que no último dia de enchente dois antigos pescadores, irmãos gêmeos, haviam morrido afogados.

Mais uma vez tudo acontecia exatamente como o velhinho que vendia bilhetes de loteria havia previsto.

O menino e o vento

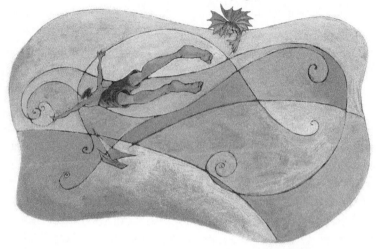

O menino tinha no vento um bom amigo. Peito nu e pés descalços, o menino caminhava com o vento na manhã cheia de brilho. Voavam pelos morros nos dias com cheiro de maré. Empurravam os saveiros lá fora na barra. Pegavam corrida pelas milhas do azul para ver quem chegava primeiro lá onde o céu faz uma curva. Brincavam com os peixes que chegavam à superfície, alguns dando saltos incríveis.

    O menino acenava para os navios que passavam vagarosos, apitando e soltando fumaça pelo bueiro grande. Os anéis e rolos de fumaça desapareciam logo na imensidão do céu. Ele apertava os olhinhos pretos e vivos, se avistasse um navio nas ondas bem longe. Perguntava ao vento se aquele navio lá longe não parecia uma ave, balançando-se no ninho. Os navios iam se afastando cada vez mais nas águas banhadas de luz, até se tornar cada um deles num ponto indefinido, lá onde o sol nasce.

    Mantinha com o vento um convívio suave, de entendimento perfeito entre os dois. Era um relacionamento natural, trazendo constantemente emoções esplêndidas e sustos comoventes. A cada dia que passava, o vento ia cativando mais o menino com os seus momentos ricos.

À noite, antes de pegar no sono, o menino catava estrelas pela janela do quarto. Os olhos perdidos no céu estrelado, distraindo-se. O vento chegava de mansinho, passava a soprar os cabelos do menino até que o sono chegasse com passos serenos. Depois, lá fora, o vento percorria as palhas do coqueiro com os dedos de músico. Tirava aquela melodia doce que embalava o sono do menino. O menino dormia com as estrelas piscando nos olhos, embalado pela canção do vento. Embarcando na nave do sonho, que tinha a cor de leite, o menino e o seu bom amigo percorriam agora as lonjuras do céu. Procuravam extraterrestres. O menino voltava a catar estrelas, dessa vez pela janela da nave. E de novo se distraía com milhares de estrelas esparramadas no sem-fim do céu. Formavam rosários de luz, brilhavam como pontos pregados no espaço imenso revestido de um azul-marinho denso.

O menino sabia que estava todo o infinito naquele convívio com o vento.

Um dia, na praia, triste o menino despediu-se do amigo. Disse que ia morar com os pais numa cidade grande onde as pessoas viviam apressadas, sempre correndo porque lá as distâncias eram grandes, ninguém podia perder tempo. Escutou o pai dizer que eles iam morar num prédio alto, perto das nuvens. O pai disse também que da sacada do apartamento, nos fundos, avistava-se a baía toda azul, vidrilhando um sem-número de espelhos nos dias de verão. Quando ouviu o pai dizer que ele ia morar perto das nuvens, teve medo. Ondas de frio percorreram o corpo franzino.

O tempo foi passando na cidade grande, o menino vendo espantado aquele movimento intenso e crescente de gente que aparecia e sumia por todos os lados. Os carros passavam velozes. A cidade fazia muito barulho. As pessoas nem sequer se cumprimentavam no passeio porque tinham medo de ser atropeladas.

O menino cresceu e, de repente, percebeu que nunca mais havia andado com o vento pelas marés cheias de brilho. De peito nu e pés descalços, nos dias livres em que o amigo ofertava-lhe alegria através de voos afoitos, rasantes ou, lá no alto, serenos. Ele era agora um vendedor de livros. Lá se ia, de porta em porta, em busca dos fregueses, os livros pesados dentro de uma pasta grande. E, de sol a sol, passou então a conhecer outros ventos.

    Esses ventos espalhavam sal pela terra e andavam por mares desunidos. Despejavam nas palmeiras um açoite contínuo. Agitavam o litoral, sopravam os dias com zunidos terríveis. Rugiam e feriam, nunca se importando com o rosto cabisbaixo que os dias tinham quando se encontravam e se ofendiam na disputa feia. Nada de agradável mesmo ensinavam esses ventos. Tinham as asas pesadas, trazendo nelas apenas o susto e o medo.

    Certa vez um desses ventos investiu numa carreira disparada contra o carro que levava o pai, a mãe, ele e a irmã. O pai programara na semana para passarem juntos o domingo numa praia distante, onde teriam a companhia radiante do sol e do vento bom vindo do mar. A família teria assim uma manhã saudável, o pai falou que naquela praia distante eles se banhariam nas ondas puras do mar tranquilo. Sem o pai e a mãe, que não conseguiram escapar da investida fulminante daquele vento louco, ele ficou morando sozinho vários anos no apartamento. A irmã foi morar no interior com a avó materna.

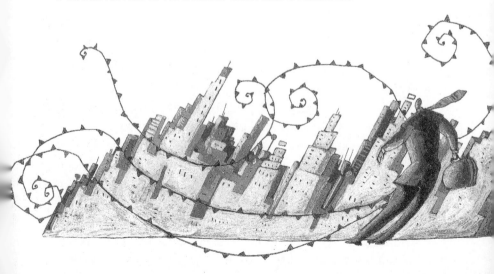

Tornara-se um homem amadurecido. Mostrava-se, porém, sempre sem jeito quando ia vender os livros e se encontrava com aqueles ventos tão distantes de seu peito. À noite, no apartamento, andava calado pelos cômodos cobertos de silêncio. O peito não pulsava mais a afoiteza do menino antigo, mesmo assim guardava dentro vários momentos colhidos nos morros e no mar azul com o antigo amigo.

Já velho, cabelos brancos e ralos, passara a resmungar com a mulher por qualquer coisa sem a menor importância. Não ligava para os presentes que os filhos lhe davam no dia do aniversário, nem para as brincadeiras e agrados que os netos lhe faziam naquele dia especial. Recolhia-se ao seu lugar preferido no apartamento. Da sacada acompanhava com os olhos longínquos os navios que passavam na baía como se fossem de brinquedo.

Foi quando parou num ponto onde suas forças não mais podiam prosseguir. E, como uma pessoa que apalpa no escuro em busca de apoio para não cair, ficou procurando dentro dele o menino que um dia desapareceu sem lhe dar qualquer explicação. Aquele menino que voava nos morros e empurrava os saveiros pelas milhas do azul, mas que havia se perdido no meio de outros ventos.

Aquele menino que fora levado por aqueles ventos na cidade grande, de ritmo veloz, e que só sabiam ofender, causando com as suas facas afiadas talhos profundos na passagem do tempo.

*O homem que não conhecia Deus**

O rio passava nas correntezas fracas, as águas ficavam empoçadas nas estações sem chuva, as pedras de fora em muitos trechos. O areal vidrilhava à noite com a prata que a lua derramava. O homem nunca havia sido incomodado por uma enchente forte do rio, desde que foi viver na ilha anos atrás. Morava com a mulher numa casa que parecia uma barraca grande. Ela tinha criatório de galinha e pato. Ele, de porcos e algumas vacas. O homem fazia manteiga e requeijão de uma parte do leite tirado das vacas. Ia vender na feira da vila aos sábados. Os porcos eram vendidos no matadouro da vila quando estavam gordos, o toicinho fazendo dobras no couro.

O homem parava para comprar alguma coisa numa venda em beira de estrada, geralmente ao cair da tarde, quando retornava da vila. Na saída, o dono da venda dizia para ele: "Vá com Deus...". O homem não gostava do que o vendeiro dizia e respondia zangado: "Não conheço este homem e não é agora que vou ter tempo pra conhecê-lo nesta vida que é bem curta".

Numa noite fria de inverno, nuvens escuras apagaram as estrelas, o céu ficou de repente com o teto todo preto. E uma

---

* A história "O homem que não conhecia Deus" foi publicada pela primeira vez no jornal "A Tarde", de Salvador, no Caderno 2, seção Ultraleve, em 20/3/1990.

chuva forte caiu a noite inteira, fazendo um grande barulho na terra centenária. Quanto mais relampejava e a trovoada ribombava, a chuva caía mais intensa na terra enlameada. Havia um pressentimento geral de que o rio estava para ter uma grande enchente como nunca havia acontecido. Nas cabeceiras do rio as águas da chuva desciam num volume grande e rolavam pelas serras num ímpeto impressionante.

A mulher então disse ao homem que ia procurar agasalho na vila. Era perigoso permanecer ali na ilha. Dois dias que aquela chuva não parava, as águas do rio estavam subindo muito. O homem disse que não ia sair da ilha, abandonar o criatório dos seus bichos sem mais nem menos, a mulher estava ficando maluca com tanta reza na cabeça. Debulhar o terço, desfiar padre-nosso e ave-maria na boca medrosa era só o que ela sabia fazer todas as noites antes de ir para a cama. Quem ficaria na ilha para cuidar das galinhas, patos, porcos e vacas? — o homem se perguntava, resmungando e torcendo o nariz para aquela ideia da mulher em querer sair da ilha por causa de uma chuva grossa, que hoje ou amanhã iria passar, como já havia acontecido antes. Era só esperar para ver acontecer o que pensava, sem medo de errar. Aquela chuva grossa eram só umas nuvens escuras que passariam logo.

As águas foram subindo, subindo, e, quando o homem deu em si, já haviam comido pedaços dos barrancos da ilha. Já tinham levado as galinhas, os patos, os porcos e as vacas. Mais algumas horas e levariam também a casa abarracada. Em pânico, o homem passou para cima do telhado, dali começou a acenar e gritar para as pessoas que se juntavam na margem mais próxima. Uma pessoa jogou uma corda, que sumiu logo nas águas. Outra fez descer uma canoa, que foi levada na correnteza numa descida veloz. Ninguém mais acreditava que o homem e a casa não fossem engolidos pelas águas. Não ia demorar mesmo para que isso acontecesse.

Quando tudo parecia perdido, o homem em cima do telhado e as águas tocando os pés dele, foi que todos escutaram aquele estrondo vindo de um dos barrancos do rio. Uma árvore havia tombado nas águas e, na queda violenta do tronco velho e da copa frondosa, fez aquela ponte que ligava uma parte do telhado da casa alagada a uma das margens do rio. O homem conseguiu alcançar a outra margem, arrastando-se sobre o tronco da árvore com todas as forças que pôde reunir.

Depois que as águas baixaram, voltando ao curso normal, as correntezas fracas e as pedras grandes apareceram de novo em vários trechos do rio. O homem retornou com a mulher para a casa na ilha. O rio havia deixado apenas a cobertura sustentada nos esteios, levara o resto, e ele teve de levantar sozinho novas paredes de adobe para reconstruir os cômodos. Com a casa reconstruída, de novo ele passou a se dedicar ao criatório de porcos e de algumas vacas. A mulher continuou cuidando das galinhas e dos patos.

Como era costume, o homem parava para comprar alguma coisa numa venda em beira de estrada, geralmente ao cair da tarde, quando retornava da vila. Na saída, ao ouvir o dono da venda dizer "vá com Deus", o homem tirava da cabeça pequena o chapéu de couro e, calmo, mostrava no rosto uma expressão formada por uns olhos agradecidos e contritos. Os olhos do homem eram agora os de uma pessoa que sabia que se não fosse aquela árvore que tombou no rio jamais conseguiria se salvar da fúria das águas. Aquela árvore que ficava salpicada de flores quando chegava a primavera, abrigava os pássaros, dava boa sombra e umas frutinhas doces que o povo da vila colhia.

Aquela árvore que era mais velha do que a vila, segundo os moradores mais velhos. Alguns diziam até que era mais velha do que o rio, mais velha do que o mundo. Era tão velha, afirmavam, que ninguém sabia a sua idade.

HISTÓRIAS DO MUNDO QUE SE FOI
(e outras histórias)

CYRO DE MATTOS

■ Bate-papo inicial

Brincar de estilingue. Correr na rua. Roubar fruta no vizinho. Como a infância era diferente em tempos passados...

Revivendo as recordações de sua juventude, o autor nos apresenta um delicioso livro recheado de histórias divertidas e singulares. Histórias de personagens cativantes, que trazem consigo a visão, os valores e as alegrias de seu tempo e de sua vida interiorana.

Histórias do mundo que se foi (e outras histórias) é um doce resgate de uma época marcada pela simplicidade da vida.

■ Analisando o texto

1. No capítulo *Um herói em minha ilha*, o narrador conta as alegrias e brincadeiras vividas em uma pequena ilha no meio do rio, cujo nome era Ilha do Jegue. Por que tinha esse nome?

R.: _____

_____

_____

_____

2. Dona Joventina havia feito aniversário. Para dividir com sua filha um dos presentes que ganhara, um casal de galinhas, ela se meteu em uma aventura e acabou sendo aclamada heroína. Que aventura foi essa em que ela se envolveu?

R.: _____

_____

_____

_____

3. No episódio *A moça e o globo da morte*, lê-se: "Um dia viu-se a claridade de duas luzes muito fortes, saindo das covas múrmuras. Aladas, subiram ao céu e se fizeram estrela-d'alva". Que luzes eram essas?

R.: _____

_____

_____

_____

4. A personagem principal do capítulo *O homem que não conhecia Deus* passou por maus bocados com a cheia do rio. Isolado em uma ilha, correndo o risco de ser levado pela correnteza, ele encontrou a salvação em uma árvore antiquíssima que tombara na água. Que grande lição ele aprendeu com o fato ocorrido?

R.: _____

_____

5. Releia este trecho extraído do capítulo *Os dias guardados no coração*:
Ela enxugaria com mãos pacientes penas do pássaro que teve as asas aprisionadas de repente.
Quem era o pássaro de asas aprisionadas? O que era sua gaiola?

R.: _____

_____

_____

_____

6. Com o sumiço da filha e a morte do marido, a velha, personagem principal de *Passarinhos na mangueira*, encontrou no quintal de sua casa a alegria necessária para continuar a viver. Quem trouxe essa alegria a ela?

R.: _____

_____

■ Redigindo

7. Releia este trecho do livro, onde o autor faz uma análise melancólica de sua relação com fatos e experiências vividas:

É preciso ter vivido muitos anos para saber que a recordação de certos fatos e coisas nada mais é do que a saudade da vida que passa com os dias, semanas e meses. As pessoas, bichos, casas e ruas fogem como nuvens, ninguém pode retê-los. Infelizmente.

Você ainda é jovem, mas com certeza já viveu muita coisa interessante. Vasculhando sua memória, que lembranças de sua vida você gostaria que jamais fossem esquecidas? Escolha com carinho algumas delas e conte-as num pequeno caderno, que servirá como registro escrito de suas memórias. Além de manter vivas suas recordações, esse caderno poderá servir para que, no futuro, seus netinhos saibam mais sobre seus avós...

8. Para escrever *Histórias de um mundo que se foi*, o autor Cyro de Mattos buscou inspiração em memórias de sua juventude. Essas lembranças revivem um tempo em que muita coisa era diferente: no relacionamento entre as pessoas havia mais respeito e cordialidade, as condições de trabalho eram muito mais rudimentares, o tempo corria de outra maneira, a visão do mundo era outra...
Que recordações os seus pais têm da época de criança? Como enxergam a infância que tiveram? Que aprendizados e valores eles

trazem daquele tempo? Que fatos dessa época marcaram suas vidas? Faça uma entrevista com seus pais, procurando extrair deles informações sobre sua juventude, sobre a realidade vivida por eles e que coisas mudaram com o passar dos anos. Tente levantar histórias interessantes, que ilustrem o modo de vida que levaram e escreva-as para apresentá-las à classe.

Refletindo

9. No primeiro capítulo do livro, *O tempo era lindo*, o narrador nos dá uma bela e detalhada descrição de sua rua. Nela ele brincava de bola e atirava de estilingue, observava o verdureiro passar e o açougueiro cortar carne, via de cima do telhado a vida passar. Para ele a rua era um caminho por onde passavam personagens e fatos importantes, que iriam marcar sua vida para sempre.
Qual a importância da rua onde você mora para sua vida? Como você se relaciona com os moradores dela? O que sua rua tem de bom e que coisas você gostaria que mudassem?

10. Releia esta pequena frase extraída do livro:
Verdade que naquele tempo havia também pobreza, mas não existia miséria.

Você também considera que entre pobreza e miséria existem diferenças? E quais seriam elas? Discuta essa questão em sala de aula e, em grupo, junto com seus colegas, tentem registrar opiniões e argumentos. Apresentem as conclusões para a classe.

11. No capítulo *Lição de amor*, o narrador cita a importância que tinha para os jovens de seu tempo ser estudante do ginásio (que corresponde aos 4 últimos anos do ensino fundamental). Ser um aluno do ginásio trazia orgulho e glória, pois chegava a ser um privilégio atingir esse nível de escolaridade. Hoje as coisas são diferentes, pois existem mais escolas públicas e os jovens têm acesso mais fácil a elas. Porém uma coisa ainda continua a mesma: a educação parece ser ainda o melhor caminho para garantir às pessoas um futuro digno. Analisando a sua situação, o que você acha que ganha estudando? Como você avalia a educação que vem recebendo? Que benefícios você espera que a educação lhe traga no futuro?

12. *Nunca havia esquecido o que um dia o avô Faustino dissera. O bicho mais perigoso da terra é um que anda em duas pernas aqui em cima. Para esse bicho estranho todo o cuidado era pouco. Era um bicho sagaz e traiçoeiro como somente ele sabia ser em qualquer lugar do mundo.*

Nesse trecho do livro, a personagem Pedro Cotia expõe a opinião que seu avô tinha a respeito do ser humano. Você concorda com ele? Que outras opiniões você tem sobre o bicho homem?

13. A personagem principal do conto *As uvas do delegado* vivia com o olhar distante, com um jeito esquisito e com o sono perturbado. Tudo por causa das suculentas uvas do quintal do delegado Severo. A inquietude da personagem estava no sabor açucarado das frutas que não possuía ou no sabor da aventura de invadir um território tão perigoso? Dê a sua opinião.

14. Releia estes trechos extraídos do capítulo *O menino e o vento*:

Mantinha com o vento um convívio suave, de entendimento perfeito entre os dois. Era um relacionamento natural, trazendo constantemente emoções esplêndidas e sustos comoventes.

Aquele menino que fora levado por aqueles ventos na cidade grande, de ritmo veloz, e que só sabiam ofender, causando com as suas facas afiadas talhos profundos na passagem do tempo.

Os trechos relatam momentos muito distintos da vida da personagem: sua vida no interior e sua vida na cidade grande. Fica clara sua preferência por seu tempo de garoto da cidade pequena, quando tinha no vento um grande amigo, e sua infelicidade com sua vida na capital. Baseando-se no texto e usando as suas experiências pessoais, faça uma análise comparativa entre a vida na cidade pequena ou no campo e a vida na cidade grande. Caracterize os diferentes modos de vida, compare-os, avalie-os. Coloque suas opiniões em uma redação e leia-a para sua turma.

Ampliando

15. Leia com atenção esta frase do capítulo *O ano-novo de Pedro Cotia com o filho Peri Cantoria*:

O moço Peri sabia que ali na festa animada era o único alvo das setas atiradas por Cupido a todo instante.

Você sabe por que Cupido está grafado com letra maiúscula?

Cupido é mais uma das fabulosas personagens da rica mitologia romana. Ele era o deus do amor e corresponde a Eros, filho de Afrodite, na mitologia grega. Você pode conhecer o mito de Cupido lendo livros relacionados à mitologia romana ou pesquisando na Internet.

16. No capítulo *Os dias guardados no coração*, a personagem principal é mandada a contragosto para um colégio interno da capital, onde se sente sozinha e cheia de dúvidas. Essa história apresenta elementos comuns ao romance *O Ateneu*, de Raul Pompeia. Nessa renomada obra do Realismo brasileiro, é contada a história de Sérgio, que, em um ambiente denso e corrupto do internato, narra os acontecimentos em torno de suas amizades, de sua sexualidade e de seus medos, sempre sob o controle do ganancioso diretor Aristarco.
Vale a pena conhecer um pouco mais sobre essa obra marcante da nossa literatura. Procure um exemplar na biblioteca de sua escola e bom divertimento!

Pesquisando

17. O capítulo *Lição de amor* faz citação sobre uma antiga ordem social: a Maçonaria, uma de muitas sociedades secretas existentes no mundo. Seitas secretas do Kung-fu, os Cátaros, a Sociedade da Mão Negra, cujos membros assassinaram o príncipe Ferdinand, iniciando a Segunda Guerra Mundial, os Iluminati e a Arcana Ordem do Sino e do Corvo Negro são alguns exemplos de sociedades secretas que estão espalhadas pelo mundo afora. Essas organizações possuem relações estreitas com a religião e exigem de seus membros, além de fidelidade, disciplina e dedicação, segredo a respeito de suas atividades. Seus objetivos são geralmente enriquecer espiritualmente seus membros, mas muitos mistérios e dúvidas cercam as histórias sobre seus rituais de iniciação e suas reuniões secretas.
Em grupo, faça uma pesquisa sobre o tema **Sociedades Secretas** e tente levantar o maior número possível de informações sobre o assunto. Muitos livros e enciclopédias tratam dessas organizações. Para incrementar a pesquisa, cada grupo deverá escolher uma sociedade secreta que lhe pareça mais interessante e preparar uma apresentação sobre essa organização para a classe. A apresentação poderá ser oral, escrita ou por meio de painéis.

18. O capítulo *O homem que adivinhava* aborda um assunto instigante: a previsão do futuro. O protagonista, apenas observando copos d'água sobre bilhetes de loteria, foi capaz de prever um longo período de chuvas e como essas chuvas cessariam. Apesar de não haver nenhum tipo de comprovação científica, muitas pessoas alegam ser capazes de adivinhar o futuro: por meio da leitura de cartas de baralho, da leitura das mãos ou da borra de café, apenas com a força da mente, com mensagens transmitidas em sonhos, e de muitas outras maneiras...

Em dupla, escolha uma "técnica" utilizada para conhecer o futuro e faça uma breve pesquisa sobre ela. Apresente seus resultados à classe da maneira que vocês acharem mais interessante, como uma pequena "feira esotérica", por exemplo.

■ Trabalho interdisciplinar

19. O capítulo *A moça e o globo da morte* conta a história de um grande amor vivido por personagens típicas do coronelismo. Os coronéis e jagunços são figuras históricas importantes do Brasil, principalmente para a região Nordeste do século XIX. Para enriquecer seus conhecimentos sobre esse tema, sugerimos que você, sob a orientação de seu professor de História, faça uma pesquisa sobre o coronelismo. Por meio dessa pesquisa, procure entender as origens do coronelismo, suas características principais, sua importância para nossa história e de que modo essas políticas continuam agindo em nosso país. Busque informações em livros de história, enciclopédias, revistas e na Internet.

20. No capítulo *O ano-novo de Pedro Cotia com o filho Peri Cantoria* é abordado um tema de grande importância ecológica: o desmatamento das florestas. No Brasil e no resto do mundo a vegetação nativa vem sendo degradada por diversas ações humanas. Trabalhando em conjunto com os professores de Geografia e Ciências, tente responder algumas questões sobre o assunto:

- Quais os principais tipos de vegetação do Brasil?
- Qual a situação atual de nossas florestas?
- Qual a importância da preservação das florestas?
- Como o homem justifica os desmatamentos que provoca?
- Que conseqüências os desmatamentos trarão para nossas gerações futuras?
- Que medidas você proporia para tentar salvar nossas florestas?

Apresente os resultados de sua pesquisa em forma de painel, utilizando figuras, gráficos e mapas para enriquecê-lo.

Para qualquer comunicação sobre a obra, escreva:

SARAIVA Educação S.A.
Avenida das Nações Unidas, 7221 – Pinheiros CEP
05425-902 – São Paulo – SP
Tel.: (0xx11) 4003-3061
www.aticascipione.com.br
atendimento@aticascipione.com.br

Escola: _____

Nome: _____

_____

Ano: _____ Número: _____

Exerço a advocacia há quarenta anos, mas a minha paixão é a literatura. Sou contista, novelista, cronista, poeta e autor de poesia infantil. Já escrevi 25 livros, tenho conto e poesia em antologias publicadas em Portugal, Alemanha, Suíça, Rússia e Dinamarca. Meses atrás, tomei um susto quando navegava na internet e vi um conto meu publicado no jornal La Cronica Hoy, do México. Sou premiado por instituições culturais importantes, como a Academia Brasileira de Letras, União Brasileira de Escritores (Rio), Associação Paulista de Críticos de Artes, Sociedade Unificada das Faculdades Augusto Motta (Rio), Academia Pernambucana de Letras, entre outras. Uma vez recebi menção honrosa no Prêmio Jabuti, da Câmara Brasileira do Livro, e em outra, mais recente, fui indicado.

Este é o meu primeiro livro de prosa de ficção que escrevo para o público infantojuvenil. Ah, o coração tanto queria. Fiquei encantado ao vê-lo nascer finalmente para andar no mundo. Com histórias singulares, que acontecem no país chamado sonho. Como a da moça que se enamora e foge com o homem do globo da morte. Divertidas, como a de Dona Joventina, heroína que defende como pode, das garras inesperadas do ladrão cara de leão, o casal de galinhas, presenteadas pela patroa no seu aniversário. Ou, ainda, como a do menino e seu amigo vento, voando pelos morros ou pelas milhas do azul, em viagem cativante em que entram sustos esplêndidos.

Mais não digo. Agora, se houver uma cumplicidade, intensa, de vocês na leitura destas histórias, será este, sem dúvida, o melhor prêmio para o autor.

Vou torcer para recebê-lo.

Se quiser, escreva para mim:
Travessa Rosenaide, 40, ap. 101 – Zildolândia – Itabuna-BA
CEP 45600-395
e-mail: cyropm@bol.com.br

Sobre o ilustrador:

Evandro Luiz mora em Belo Horizonte-MG, é ilustrador, artista plástico, cartunista e caricaturista. Foi ilustrador do Jornal *Diário da Tarde* de Belo Horizonte e já trabalhou para jornais e agências de propaganda, ilustrou livros e participou de salões de arte e humor.

COLEÇÃO JABUTI

Adeus, escola ▼◆📗☒
Amazônia
Anjos do mar
Aprendendo a viver ◆⌘■
Aqui dentro há um lon_e imenso
Artista na ponte num dia de chuva e neblina, O ✷★⊕
Aventura na França
Awankana ✐☆⊕
Baleias não dizem adeus ✷▢⊕○
Bilhetinhos ❂
Blog da Marina, O ⊕✐
Boa de garfo e outros contos ◆✐⌘⊕
Bonequeiro de sucata, O
Borboletas na chuva
Botão grená, O ▼✐
Braçoabraço ▼℞
Caderno de segredos ▢◉✐▢⊕○
Carrego no peito
Carta do pirata francês, A ✐
Casa de Hans Kunst, A
Cavaleiro das palavras, O ★
Cérbero, o navio do inferno ▢☑⊕
Charadas para qualquer Sherlock
Chico, Edu e o nono ano
Clube dos Leitores de Histórias Tristes ✐
Com o coração do outro lado do mundo ■
Conquista da vida, A
Da matéria dos sonhos ▢☑⊕
De Paris, com amor ▢◉★▢⌘☒⊕
De sonhar também se vive...
Debaixo da ingazeira da praça
Desafio nas missões
Desafios do rebelde, Os
Desprezados F. C.
Deusa da minha rua, A ▢⊕○
Devezenquandário de Leila Rosa Canguçu ➜
Dúvidas, segredos e descobertas
É tudo mentira
Enigma dos chimpanzés, O
Enquanto meu amor não vem ●✐⊕
Escandaloso teatro das virtudes, O ➜☺

Espelho maldito ▼✐⌘
Estava nascendo o dia em que conheceriam o mar
Estranho doutor Pimenta, O
Face oculta, A
Fantasmas ⊕
Fantasmas da rua do Canto, Os ✐
Firme como boia ▼⊕○
Florestania ✐
Furo de reportagem ▢❂◉▢℞⊕
Futuro feito à mão
Goleiro Leleta, O ▲
Guerra das sabidas contra os atletas vagais, A ✐
Hipergame ☞▢⊕
História de Lalo, A ⌘
Histórias do mundo que se foi ▲✐❂
Homem que não teimava, O ◉▢❂℞○
Ilhados
Ingênuo? Nem tanto...
Jeitão da turma, O ✐○
Lelé da Cuca, detetive especial ☑❂
Leo na corda bamba
Lia e o sétimo ano ✐■
Luana Carranca
Machado e Juca ✝▼●☞☑⊕
Mágica para cegos
Mariana e o lobo Mall ▢⊕
Márika e o oitavo ano ■
Marília, mar e ilha 📗☞✐
Matéria de delicadeza ✐☞⊕
Melhores dias virão
Memórias mal-assombradas de um fantasma canhoto
Menino e o mar, O ✐
Miguel e o sexto ano ✐
Miopia e outros contos insólitos
Mistério mora ao lado, O ▼❂
Mochila, A
Motorista que contava assustadoras histórias de amor, O ▼● 📗⊕
Na mesma sintonia ⊕■
Na trilha do mamute ■✐☞⊕
Não se esqueçam da rosa ♠⊕
Nos passos da dança

Oh, Coração!
Passado nas mãos de Sandra, O ▼◉⊕○
Perseguição
Porta a porta ■📗▢◉✐⌘⊕
Porta do meu coração, A ◆℞
Primeiro amor
Quero ser belo ☑
Redes solidárias ◉▲▢✐℞⊕
Reportagem mortal
romeu@julieta.com.br ▢📗⌘⊕
Rua 46 ✝▢◉⌘⊕
Sabor de vitória 📗⊕○
Sambas dos corações partidos, Os
Savanas
Segredo de Estado ■☞
Sete casos do detetive Xulé ■
Só entre nós – Abelardo e Heloísa 📗■
Só não venha de calça branca
Sofia e outros contos ☺
Sol é testemunha, O
Sorveteria, A
Surpresas da vida
Táli ☺
Tanto faz
Tenemit, a flor de lótus
Tigre na caverna, O
Triângulo de fogo
Última flor de abril, A
Um anarquista no sótão
Um dia de matar! ●
Um e-mail em vermelho
Um sopro de esperança
Um trem para outro (?) mundo ✖
Uma trama perfeita
U'Yara, rainha amazona
Vampíria
Vida no escuro, A
Viva a poesia viva ●▢◉✐▢⊕○
Viver melhor ▢◉⊕
Vô, cadê você?
Zero a zero

★ Prêmio Altamente Recomendável da FNLIJ
☆ Prêmio Jabuti
✷ Prêmio "João-de-Barro" (MG)
▲ Prêmio Adolfo Aizen - U_E
✎ Premiado na Bienal Nestlé de Literatura Brasileira
☞ Premiado na França e na Espanha
☺ Finalista do Prêmio Jabuti
♦ Recomendado pela FNLIJ
✖ Fundo Municipal de Educação - Petrópolis/RJ
❂ Fundação Luís Eduardo Magalhães

● CONAE-SP
⊕ Salão Capixaba-ES
▼ Secretaria Municipal de Educação (RJ)
■ Departamento de Bibliotecas Infantojuvenis da Secretaria Municipal da Cultura/SP
◆ Programa Uma Biblioteca em cada Município
▢ Programa Cantinho de Leitura (GO)
♠ Secretaria de Educação de MG/EJA - Ensino Fundamental
☞ Acervo Básico da FNLIJ
➜ Selecionado pela FNLIJ para a Feira de Bolonha

✐ Programa Nacional do Livro Didático
▢ Programa Bibliotecas Escolares (MG)
☞ Programa Nacional de Salas de Leitura
📗 Programa Cantinho de Leitura (MG)
◉ Programa de Bibliotecas das Escolas Estaduais (GO)
✝ Programa Biblioteca do Ensino Médio (PR)
⌘ Secretaria Municipal de Educação/SP
☒ Programa "Fome de Saber", da Faap (SP)
℞ Secretaria de Educação e Cultura da Bahia
○ Secretaria de Educação e Cultura de Vitória